Christian Düberg

Leben und Wirken von Dr. Joh. Fr. Immanuel Tafel

Christian Düberg
Leben und Wirken von Dr. Joh. Fr. Immanuel Tafel
ISBN/EAN: 9783743614048

Hergestellt in Europa, USA, Kanada, Australien, Japan

Cover: Foto ©Raphael Reischuk / pixelio.de

Weitere Bücher finden Sie auf **www.hansebooks.com**

Denkmal

für

Immanuel Tafel.

———

Leben und Wirken
von
Dr. Joh. Fr. Immanuel Tafel,

Professor der Philosophie und Universitäts-
Bibliothekar zu Tübingen,
ordentlichem Mitglied der historisch-theologischen Gesellschaft
zu Leipzig u. s. w.

Ihm zum lebendigen Denkmal,
zugleich
allen Freunden der Wahrheit
gewidmet.

Herausgegeben und bevorwortet
von
Christian Düberg,
Advocat und Notar zu Wismar.

Wismar, 1864.
Verlag von C. F. C. Wischmann.

Vorwort.

Indem ich dem deutschen Volke, insbesondere seinen Hoch- und Gelehrtenschulen die Biographie des jüngst verewigten Professors der Philosophie Dr. J. F. Immanuel Tafel zu Tübingen, verfaßt von einigen ihm örtlich und geistig nahe gestandenen Freunden, hier darbringe, kann ich nicht umhin, den Denkern Deutschlands das Leben und Wirken eines Mannes zur zeitigen geistigen Beachtung zu empfehlen, welcher, auf den einsamen Höhen des forschenden Geistes lange fast allein stehend und unabläſſig an der Quelle und aus der Quelle religiöſer Wahrheit ſchöpfend, die Ergebnisse und Früchte seiner Arbeiten durch eine seltene und stätige Anstrengung aller ihm zu Gebote stehenden Kräfte und Mittel an das Licht stellte und der deutschen Welt durch Läuterung unserer Religionswahrheiten einen Dienst leistete, dessen Kenntniß und

Anerkennung in weiteren Kreisen vielleicht erst erfolgen wird, wenn ein Organ des öffentlichen Urtheils der Wissenschaft drüben in dem Insellande religiöser Freiheit den Deutschen die Bedeutung des Verewigten verkündet und deutlich einleuchtend gemacht haben wird. Unlängst erst erging es uns mit Arthur Schopenhauer so. Von England her erscholl die Kunde von diesem sonderlich ausgezeichneten Denker, dem Signalwärter der Philosophie des Willens, an das deutsche Ohr, das oft gespannter ist auf Kundgebungen aus der Ferne und Fremde, als auf die nahen und nächsten Geistesstimmen des eigenen Genius unseres Vaterlandes. Zur Stunde schlägt der Flügel dieses unseres deutschen Genius mächtig für Herstellung und Bewahrung nationaler Einheit, und mit Recht. Ist es wahr, daß unsere Volks-Einheit, Freiheit und Integrität, wenn auch errungen, doch nur durch Pflanzung und Pflege des Baumes religiöser Freiheit, religiöser Wahrheit und Einigung dauernd sicher gestellt werden kann, so dürfen wir in Mitten der gegenwärtigen gewaltigen Erregung und Bewegung aller Lebensgeister unseres Volkes gleichwol auf Gehör hoffen, wenn wir alle denkende gebildete deutsche Welt bitten: Gebt Acht auf alle Zeichen der

Zeit, auf den Anbruch des Morgens einer neuen Kirche des Herrn, des Herrn der Heerschaaren! Immanuel Tafel, der Leuchter deutscher, echt protestantischer Gemeinden, dessen Licht in der Finsterniß, unbegriffen von ihr, leuchtete, ist hinweggerückt, abberufen von seinem Botschafterposten und es ist zur Zeit niemand, der diesen Posten auf der Hochwacht des deutschen Geistes wieder zu besetzen und zu ersetzen vermöchte. Über's Meer nach England ziehen nun, ein Vermächtniß an die neuen Gemeinden Englands, vom Schloß zu Tübingen aus der Bibliothek Tafels die Bücherschätze, welche Deutschland verschmähte, wie einst, der Sage nach, Rom's alter König Tarquinius die sibyllischen Bücher. Der Kirche Zukunft ist auch die Zukunft des Staats: sie fallen mit einander, wenn sie nicht zusammenstehen auf dem Fels der Wahrheit, des Glaubens an die Einheit, die per=sönliche Identität unsers Herrn mit dem Vater der Ewigkeit; wenn sie nicht zusammenhalten in der Überzeugung, daß dieser Glaube, verbunden mit seiner Seele, der Liebe, und mit ihrer Thätigkeit, die wesentliche Bedingung des Erwerbes der Seligkeit sei. Diesen Glauben verficht Tafel und dieses Glaubens Werke, die durchgängige Haltung des Sitten=

gesetzes, als gleichwesentliches Erforderniß der Recht=
fertigung des Menschen vor Gott, vertrat und
schützte er, auf Grund der neukirchlichen Schrift=
werke, gegen den Symbol=Glauben der verwüsteten
und veröbeten alten Kirche. In Staub zerfallen
ist, unter der zermalmenden Last des Irrglaubens
und Irrlebens dieser abgängigen Kirche, die große
Perle der Liebe und Glaubenstreue. Geschieden von
einander sind Glauben und Liebe, gleich wie streitende
Ehegenossen, deren Loos die Trennung und endlich
die Scheidung ist.

Wer Lust und Liebe zum Denken hat, jede gut=
denkende und wohlwollende Seele jeder Confession
sei eingeladen zu stiller Betrachtung an Tafels Denk=
mal! Seine Hülle ruhet neben der Schelling's auf
einem Friedhofe der freien deutschen Schweiz, in deren
Gauen hin und wieder, zerstreut und doch vereint,
wie hier und dort im großen deutschen Vaterlande,
ihm verwandte Geister weilen. Das Denken, dessen
Freude, Ernst und Ausdauer zum Eingange aus den
Vorhöfen in den Tempel des Heiligthums erfordert
wird, ist nicht das Denken des Quietismus und Pie=
tismus, der Stillen im Lande, deren stille Wasser
tief sind wie die Moorgründe, und nicht bewegt wer=

ben vom frischen Geisteshauch der göttlichen Wahrheit. Es ist nicht das Denken der vermeintlich urplötzlich Wiedergebornen, bei denen der Glaube wie der Blitz aufleuchtete, zündete und ihren alten Menschen verzehrte, ein Denken, das schwankend die Glaubensfahne schwenkt bald dem Vater, bald dem Sohne, bald dem abgeordneten heiligen Geiste, als angeblich dreien, von Ewigkeit in Gott bestehenden Personen. „Gott Vater, erbarme Dich unser um Deines lieben Sohnes willen!" Das ist der höchste Ausdruck ihres dichtenden Denkens, der Widersinn ihres eiteln, sich selbst vereitelnden unheiligen Glaubens. Das Denken im neuen Geiste der Wahrheit ist ein lebendiges Andenken an den Einen lebendigen Gott und Herrn, den in der Wahrheit zur Welt Gekommenen, ein Aufsehen zu Ihm, in welchem das Dreifaltige. Das ist ein rechtes Denken der wahren Andacht, sich verbindend mit dem Wollen und Vollbringen des Guten, dessen ganze, vollkommene Gabe von oben gegeben wird, von dem Vater des Lichts.

Immanuel Tafel hat viel gearbeitet und geleistet. Nicht deßhalb aber, sondern um der Bewährung des Grundsatzes willen, den er von Jugend auf, durch sein ganzes Leben festhielt, daß es ankomme bei allem Handeln nicht auf die äußere That, sondern auf das innere Verhalten der Seele, sei sein Leben und Wirken hier als Vorbild aufgestellt. Käme es auf die Menge des Wirkens oder auf das äußere Wirken an, so würde Tafel schon deshalb in die Reihe derer, welche als Schnitter den andern vorangehen, gestellt werden müssen, weil er, ich wage es zu sagen, mehr gearbeitet denn die andern alle. Ihn hemmte weder des Tages Last noch des Tages Hitze. Die Arbeit im Weinberge des Herrn, die schwere, reinigende Arbeit, war seine Erholung nach den Mühen des Berufstages. Das Wirken, das nach außen gehende Wirken ist ja zwar Frucht, auch Frucht des Christenthums. Der innerste Kern dieser Frucht war aber bei Tafel jene innige, lebendige Erkenntniß, daß die Gesinnung des Handelnden den Werth seines äußeren Wirkens bestimme, und daß nur der echt Gutes thun könne, welcher das Böse in allen Stücken als Sünde fliehe. Bis an sein Ende war sein Wandel im Einklang mit dieser Erkenntniß.

Die deutsche Philosophie, der Kern unserer Denker, kennt Immanuel Tafel und wird sein Wirken würdigen. Die Jugend der Hochschulen kennt ihn nicht oder wenig, gleichwie sie auch Immanuel Hermann Fichte wenig oder nicht kennt, unbekümmert um Philosophie und Wahrheitsforschung.

Wir hoffen von der Kirche und den Hochschulen der Zukunft, daß sie die Leistungen Tafels erkennen werden. Wir hoffen dies mit Zuversicht und freuen uns dessen zuvor. Der treue Arbeiter und vorarbeitende Diener des Herrn wird seinen Lohn empfangen und seine Werke folgen ihm nach.

Wismar, im März 1864.

Der Herausgeber.

Johann Friedrich Immanuel Tafel, Sohn des Pfarrers zu Sulzbach und später zu Flacht im Württembergischen Johann Friedrich Tafel und der Justina Christiana Beate Horn — deren Vater der Pfarrer Horn in Thannen, ein Abkömmling der Grafen Horn in Schweden —, wurde am 17. Februar 1796 zu Sulzbach geboren. Er und seine drei jüngern Brüder (zwei Schwestern waren gleich nach der Geburt gestorben) wurden von den gottesfürchtigen Eltern zur Frömmigkeit erzogen. Um es bei ihren beschränkten Mitteln zu ermöglichen, alle Söhne zur Grundlegung einer wissenschaftlichen Bildung in das Königl. Gymnasium zu Stuttgart schicken zu können, ließen die Eltern sich jegliche Entbehrung gefallen und schränkten sich auf das Aeußerste ein. Der älteste Sohn, Johann Friedrich Immanuel, wurde vom Vater zur Theologie bestimmt und schon mit acht Jahren, im Herbst 1804, bei dem Hof-Mechanicus Baumann in Stuttgart, dem Brudersohne seiner Großmutter, in die Kost gegeben, welcher das Werk der Erziehung in demselben milden und frommen Geiste fortsetzte, in dem es die Eltern begonnen hatten. Schon in diesem zarten Kindesalter gab sich die seltene Begabung des Knaben, nicht nur durch ein ungewöhnliches Fassungsvermögen, sondern auch durch ein tiefsinniges, frommes Gemüth, kund. In die nächstunterste Classe eingetreten, wurde der junge Immanuel bald vom Letzten der Erste und durfte im folgenden Herbst 1805 mit Überspringung der Classe I, b. gleich in die Classe I, a. übergehen, von wo er im folgenden Herbst 1806 wieder mit Überspringung einer Classe in die Classe III. des Präceptors Näbelin im mittleren Gymnasium versetzt wurde. Hier erhielt er öfters Prämien; sein Lehrer liebte ihn und zeichnete ihn aus, sowie auch der Schüler an dem Lehrer hing, dessen Lob und Tadel tiefen Eindruck auf ihn machte. Den Tadel zwar zog er sich nur einmal und das dadurch zu, daß er sich während des Exponirens mit andern Dingen beschäftigte; der Präceptor, dieses bemerkend, ließ ihn derbe an; — ein besonderes Lob aber wurde ihm später zu Theil, als derselbe Lehrer in einer zurechtweisenden Rede, durch welche die ganze Classe zu Thränen gerührt wurde, ihn derselben feierlich als Muster vorstellte. Beobachten wir bei beiden Gelegenheiten das Verhalten des Schülers, so werden wir einen Blick in den Grundcharakter des Knaben und des Mannes thun. Ein oft belohnter, vom Lehrer häufig belobter und ausgezeichneter Schüler wird solche Anerkennung in den meisten Fällen als einen schuldigen Tribut seiner Verdienste ansehen, ihn erwarten und schließlich fordern, nicht nur um seinetwillen, sondern auch um den Ehrenplatz zu behaupten, den er nun einmal vor seinen Mitschülern einnimmt, — ein scharfer Verweis aus dem sonst lobspendenden Munde muß ihm daher ein Ereigniß sein, das ihm leicht als Kränkung, ja als Unbill erscheinen und demzufolge Unmuth und Trotz hervorrufen kann. Wir finden aber nichts von alledem bei Immanuel Tafel. Derselbe fühlt zwar den Verweis tief, aber nicht als Kränkung, sondern als gerecht, weil verdient, und nimmt ihn einfach in Demuth an. Wie wenig er sich seiner Vorzüge bewußt war und zu Auszeichnungen berechtigt glaubte, offenbart sich bei der Veranlassung, als er der ganzen Classe als Muster vorgestellt wurde. Dieses überraschte ihn völlig, aber brachte keine Selbstüberhebung, kein stolzes Herabsehen auf seine Mitschüler hervor, sondern spornte ihn nur an, sich der guten Meinung seines Lehrers werth zu machen.

Seine schwache Gesundheit veranlaßte Herrn Baumann — der sich auf das Zeugniß des Königl. Leibmedicus Reuß berief — die durch das Studium bedingte sitzende Lebensweise für seinen Pflegebefohlenen nicht zuträglich zu erachten und schlug er daher dessen Eltern vor, denselben die Theologie mit seinem Fache vertauschen zu lassen, welches Gelegenheit zur Bewegung biete und wozu Fähigkeiten und Anlagen bei dem Betreffenden vorhanden schienen. So viel auch für diesen Vorschlag sprach — denn Herr Baumann, welcher europäische Berühmtheit erlangt hatte, wollte den jungen Tafel als seinen Sohn ansehen —, so willigte dessen Vater doch höchst ungern ein und auch sein Lehrer that alles Mögliche, um ihn für das Studium der Theologie zu erhalten, für das er geboren sei. Doch Herr Baumann drang mit seiner vom Ziel ableitenden, obschon wohlwollenden Ansicht durch, weshalb Immanuel Tafel, anstatt im Herbst 1807 in die Classe IV. versetzt zu werden, auf ein Jahr in die obere Realschule kam, der Professor Haug b. ä. vorstand, und von hier schon 1808 in das obere Gymnasium, in dem er im Französischen, in der Mathematik und in solchen Fächern Vorlesungen hörte, welche sich für seine neue Bestimmung eigneten. Auch hier zeichnete er sich nicht nur durch seine Leistungen, sondern auch durch sein Betragen aus, und wurde, wie früher von Näbelin einer Classe, so von dem Professor Franz den Classen VI. und VII. als Muster vorgestellt. Nachdem er nun am 26. Sonntag nach Trinitatis 1809 in der Spitalkirche zu Stuttgart confirmirt worden, trat er beim Herrn Baumann in die Lehre, der ihm schon vorher Unterricht im Graviren hatte geben lassen. Seine Freistunden wurden nicht mit Zerstreuungen, sondern mit ernsten Beschäftigungen ausgefüllt, und so groß war seine Neigung zu den Wissenschaften, daß diese ihn sogar früh Morgens aus dem Bette trieb; mit besonderer Vorliebe übte er Mathematik und Physik, wobei ihm namentlich die mathematischen Werke von Lacroix und Euler's Briefe an eine Prinzessin über verschiedene Gegenstände der Philosophie und Physik zusagten. Doch die bei der veränderten Wahl der künftigen Laufbahn beabsichtigten Gesundheitszwecke wurden nicht erreicht, im Gegentheil stellte sich der Einfluß des Geschäftslebens als nachtheilig heraus, weshalb der junge Tafel erst mündlich und dann schriftlich den 26. November 1810 seine Eltern anging, ihn ein anderes Fach ergreifen zu lassen. Am liebsten wäre er zur Theologie zurückgekehrt, allein obwohl erst 14 Jahre alt, hatte er doch das gesetzliche Alter überschritten, und weil das Studium bei den damaligen kriegerischen Zeiten überhaupt sehr erschwert wurde, trat er vor der Hand am 5. August 1811 in die Schreibstube des Amtsschreibers Gangloff zu Merklingen ein, um — wie damals öfters üblich — mit der Praxis zu beginnen und später das Studium der Rechte zu betreiben. Auch hier gewann er bald das Zutrauen seines Vorgesetzten; immer wichtigere Geschäfte wurden ihm anvertraut, wobei er es sich ernstlich angelegen sein ließ, das württembergische Privatrecht, das Cameral-Rechnungswesen und andere für seinen Beruf nützliche Wissenschaften zu studiren. Dennoch gewann er, da er sich früh an rastlose Thätigkeit gewöhnt, auch Zeit zu allgemeinen Wissenschaften und vor allen Dingen zum Lesen religiöser Schriften. Schon als Knabe hatte er im Hause des Herrn Baumann mit Aufmerksamkeit und Beifall den allabendlichen Vorlesungen in Stilling's Schriften zugehört, ja so viel Geschmack daran gewonnen, daß er in seinen Freistunden für sich darin fortgelesen, und auch jetzt, wo seine Zeit so ganz ausgefüllt war, unterließ er nicht, seine Seele an ihnen zu erquicken. Daß dieses Lesen keine äußere Angewohnheit war, sondern aus dem Bedürfniß seines religiösen Gemüthes hervorging und sogleich Anwendung auf das Leben fand, beweist uns das schöne Verhältniß zu seinen jüngern Brüdern, welche er auf liebreiche Weise zu allem Guten ermahnte,*) sowie sein Verhalten gegen seine Freunde und das Verlangen eines auf Religion begründeten Freundschaftsbündnisses. Schon damals war es nicht das Persönliche als solches, was ihn anzog, sondern die vom Geist des Christenthums beseelte Persönlichkeit, und wo ein sonst lieber Freund nicht mehr der Träger dessen sein wollte, was er als das allein Hohe und der Liebe Würdige erkannte, neigte er sich nicht dem ihm persönlich angenehmen und persönlich zugethanen Menschen zu, sondern opferte ihn, wiewohl mit Schmerzen, seinem Ideale des Göttlich-Guten und Wahren, oder mit andern Worten, seiner Religiosität auf. So wurde sein Freund J., als dieser sich vom Christenthum abwandte, von ihm aufgegeben. Bisher hatte er religiöse Erbauung in Jung Stilling's Schriften gefunden, aber dieser sollte mit seinem vorbereitenden Werke bald dem höhern Mei-

---

*) Zur Geschichte der N. K. Seite 215.

ster welchen und größere Befriedigung und Klarheit dem
gottesfürchtigen Jünglinge werden. In seinem 17. Jahre,
in den Jahren 1812 und 13, wurde er mit Swedenborg's Werken bekannt und von der Richtigkeit seiner beiden
Hauptlehren überzeugt. Dennoch wurde diese Erkenntniß
nicht plötzlich, sondern erst allmählich gewonnen. Ja, das
erste Werk, das ihm zu Händen kam — über die Plane-
ten —, gab er ungelesen zurück, weil der Verfasser ihm
„zu weltlich" erschien und er das Ganze in eine Kategorie mit Münchhausen setzte. Als aber die „Ganze Theologie der N. Kirche", oder „Die wahre christliche Religion"
ihm bei dem Kaufmann H. in Merklingen aufstieß, leuchtete ihm sogleich die Darstellung der Dreieinigkeitslehre
als schrift- und vernunftgemäßer ein. Nicht so leicht konnte
die zweite Lehre, daß das Leiden am Kreuz nicht die Er-
lösung selbst, sondern nur ein Mittel dazu gewesen, indem
es der letzte Kampf und Sieg Jesu auf Erden über die
Mächte der Finsterniß und die völlige Verherrlichung seines Menschlichen zum allgegenwärtigen und in Ewigkeit
herabwirkenden Göttlich-Menschlichen sei — angenommen
werden, denn diese Ansicht stieß auf Hindernisse in der
alten Glaubenslehre und wurde wegen Nichtübereinstim-
mung mit dieser und dem Lieblingsverfasser Jung Stilling
vorläufig bei Seite gelegt. Allein als durch Gottfried
Arnold's unparteiische Kirchen- und Ketzerhistorie der Blick
des Jünglings für die Streitigkeiten geöffnet worden,
welche schon in den ersten Jahrhunderten des Christenthums über die wahre Lehre entstanden, und noch nicht
entschieden worden, indem Jeder die Bibel nach seiner
Weise deutet und seine Meinung für die richtige hält,
fragte er sich, ob nicht das eine Täuschung der Eigenliebe
sei, zu glauben, daß er im Besitze der Wahrheit sei, weil

er so gelehrt worden; ob er nicht vielmehr, unter andern Verhältnissen aufgewachsen, einen andern Glauben gehabt haben würde? Die Schwierigkeit, unter den mannigfachen Irr- und Trugschlüssen menschlicher Vernunft das Rechte zu finden, erfüllte seine Seele mit großer Bangigkeit und Betrübniß, so daß er beinahe daran verzweifelte, zur Wahrheit hindurchzubringen; allein die göttliche Liebe des Herrn, an welcher er festhielt, leuchtete ihm in diese Nacht hinein, und kindlich auf das Wort des Herrn vertrauend: „Bittet, so wird euch gegeben", warf er sich vor dem Herrn nieder und betete inbrünstig. Er wolle ihn erleuchten und ihm zeigen, wo Wahrheit sei. Hierauf wurde wieder die Lust in ihm rege, in Swedenborg's Schriften zu lesen; er prüfte dessen Erlösungslehre genauer nach der Schrift und gewann die Ueberzeugung, daß sie die schriftmäßigste sei, sowie die Wahrheit der Rechtfertigungslehre, „daß nämlich zwar kein Mensch irgend ein Verdienst vor Gott habe, daß es aber vor Gott auch nicht auf das bloße Glauben, sondern auf das Wollen und Thun ankomme — und die Zurechnung des Verdienstes Christi ein Wort ohne Sinn sei, wenn man darunter nicht die Sündenvergebung nach vorgängigem Abstehen vom Bösen verstehe", ihm zur Gewißheit wurde. Vielfache Amtsgeschäfte nahmen aber seine Zeit größtentheils in Anspruch und erlaubten ihm kein stetes Studium in Swedenborg's Schriften, weshalb vor der Hand noch Manches unaufgeklärt blieb und nicht Alles sogleich angenommen werden konnte. Über das, was er erkannt hatte, äußerte er sich gerne und besprach sich schriftlich über solches mit einem Theologie studirenden Freunde (A. S.), der mit Interesse auf die ihm dargelegten neuen Ansichten einging und um den Namen der Quelle bat, aus welcher solche außerordentliche Weisheit geschöpft worden. Mit dem Vater unterhielt sich Tafel gleich offen über Swedenborg, und obwohl derselbe den Sohn erst bei dessen Forschen in der Ansicht bestärkt, daß Stilling — nicht Swedenborg — im Rechte sei, so hatte dieser doch die Freude nach dem Tobe seines Vaters, von einem Ohrenzeugen zu hören, daß jener in einer Kinderlehre gesagt habe, es seien nicht drei Personen in Gott. Weit entfernt von einem bloß äußerlichen Fürwahrhalten, wurde vielmehr in Immanuel Tafel jeder Lehrsatz Emanuel Swedenborg's lebendig und drang tief in sein Gemüth ein, das mit Frömmigkeit gesegnet war, wie er denn auch zweimal während seines Aufenthaltes in Merklingen, da er in Betrachtungen der ewigen Wahrheiten versunken war, Alles um sich wie verklärt und sich gleichsam in den Himmel und die Gegenwart des Herrn versetzt sah.

Zufolge eines Königl. Decrets, welches alle 17jährigen Jünglinge aus den bisher exemten Ständen zum Kriegsdienste einberief, mußte auch der junge Tafel am 15. März 1813 in Stuttgart zum Kriegsdienst sich stellen, wurde jedoch mit der Bemerkung, er sei „noch zu jung", entlassen. In seinen Kinderjahren hatte er wie für's Bauen, so für militairische Kämpfe viel Interesse gezeigt (zwei Neigungen, die er selber symbolisch auf sein späteres Leben deutete), und war jetzt dem Rufe zu den Waffen nicht ungerne gefolgt, freilich nicht sowohl um des Kampfes willen, als um mehr freie Zeit zur Beschäftigung mit Mathematik und andern Wissenschaften zu gewinnen. Sein so in Aussicht gestellter Austritt aus der Schreibstube mochte indessen den Herrn Gangloff geneigt gemacht haben, ihm ein Jahr an seiner Lehrzeit zu schenken, und so wurde er von diesem mit einem ehrenhaften Zeugnisse am 26. August selbigen Jahres entlassen, um als Secretair bei dem Ober-Amtspfleger in Ludwigsburg einzutreten. Von dort aber wurde ihm schon nach neunmonatlicher Amtsthätigkeit eine Amtssubstitution übertragen, die Ortschaften Wurmberg mit Bärenthal, Wiernsheim, Pinache, Serres, Groß-Glattbach und Iptingen umfassend, welche er, nachdem er mit einem anerkennenden Zeugnisse am 14. Juni 1814 vom Ober-Amtspfleger zu Ludwigsburg entlassen, von dem nahe gelegenen Flacht, dem Wittwensitze seiner Mutter (der Vater war am 2. Juni verschieden), mit Hülfe zweier seiner jüngern Brüder und eines andern Incipienten versah. Zuvor hatte er das Regierungs-Examen löblich bestanden und sich beeidigen lassen. Seine umfassende Amtsthätigkeit, die noch durch zwei Ortschaften eines andern Oberamtes vermehrt wurde, ließen ihm nur wenig freie Zeit und diese wurde in gewohnter Weise zur Ausbildung und Erhebung seines Geistes angewandt. Philologie, Logik und Fundamentalphilosophie studirte er zur Erholung bis in die Nacht hinein und las auch gerne in Herder, Schiller, Lehbauer und Lavater. „Dergleichen Lectüre"*) — sagte er — „frischte meinen Geist, der unter Geschäften fast erdrückt wurde, wieder auf, und gab zugleich meinem Sinn für die Freundschaft und meiner Neigung zu den Wissenschaften neue Nahrung." Er stand zu dieser Zeit in besonders freundschaftlicher Beziehung zu dem Pfarrer Pichler in Iptingen, dem Decan Lenz in Dürrmenz und dem Pfarrer Hauff in Groß-Glattbach und unterhielt auch fortwährende Verbindung mit seinem Freunde A. S., bei dem er im Ostern 1816 in Stuttgart mit dem Bibliothekar

---

*) Zur Geschichte der R. K. Seite 286.

der Königl. Privat-Bibliothek in Stuttgart, Ferdinand Weckherlin, zusammentraf, dessen Persönlichkeit, Bildung und Kenntnisse ihn mächtig anzogen. Er schloß mit ihm ein enges und inniges Freundschaftsbündniß, über dessen Grundlage er sich in einem Briefe an denselben vom 17. December folgendermaßen äußert: *) „Soll aber das „Band unserer Freundschaft, wie wir ja beide es wünschen, „so genau, fest und herzlich sein, daß nichts als der Tod „es zu trennen vermag, so wird es nöthig sein, daß wir „uns zu einem gemeinschaftlichen Zweck vereinigen, und „daß dieser augenscheinlich, fortwährend und anstrengend „sei. ... Giebt es nun einen solchen, der edler und un= „serer Bestimmung würdiger wäre, als der, den wir schon „als Nachfolger Christi haben sollen: gemeinschaftliche „Erforschung und Verbreitung der Wahrheit? ... „Es wird aber auch keinen Zweck geben, bei dem wir „mehr Gelegenheit hätten, uns in jener großen, aber „seltenen Tugend der Verläugnung, Enttäuschung unserer „selbst, — zu üben; und keinen, bei dem diese Tugend „nöthiger wäre, als beim Streben nach Wahrheit. — „Eben der, der gesagt hat: „„Ich bin der Weg, die „Wahrheit und das Leben““ ꝛc., der hat auch gesagt: „„Wer mir nachfolgen will, verläugne sich selbst, nehme „sein Kreuz auf sich und folge mir.““ Darum wollen „wir stets die Kälte der Prüfung mit dem Feuer für die „Wahrheit verbinden, keine Mühe bei ihrer Erforschung, „kein Kreuz bei ihrer Verbreitung scheuen!"

Und wie Immanuel Tafel den Zweck des Wahren nie aus den Augen verlor, so auch nicht den des Guten; er schreibt vom 13. Juli 1816 an Weckherlin u. a.:

---

*) Zur Geschichte der N. K. Seite 275.

„Für das Erste der Liebe halte ich, daß man das Böse
„durch die Buße entfernt, und zu dem Ende seine Gedan-
„ken und die Absichten seines Willens erforscht; für das
„Zweite, daß man das Gute nach den Gesetzen der Liebe-
„thätigkeit thut. … Es ist einer meiner Hauptgrundsätze,
„daß die Ausbildung des Herzens mit der des Verstandes
„gleichen Schritt gehen müsse. Das Licht des einseitig
„ausgebildeten Verstandes ist ein uneheliches, unechtes,
„das … dem der Nachteulen gleicht."

Obwohl die Briefe Tafels an seinen Freund die
Lebenswärme der in ihm lebendig gewordenen Wahrheit
athmen und die Grundlehren derselben enthüllen, so wurde
doch Swedenborg's Name noch nicht von ihm genannt
und F. Wechlerlin ging aus der Welt, ohne denselben zu
erfahren. In den Geist aber des wahren, durch Swedenborg's reine Lehre von allen Irrthümern befreiten und
zur ursprünglichen Göttlichkeit zurückgeführten Christenthums war dieser durch seinen Briefwechsel mit Tafel und
einem kurzen Zusammensein mit ihm in Tübingen immer
tiefer eingedrungen und befestigt worden, wie er sich denn
an den Freund, zu dem er verehrend aufblicken konnte
und aufblickte, mit aller Innigkeit seines warmen Herzens
anschloß, so daß A. S. von ihm sagen konnte, „er habe
in Tafel denjenigen gefunden, den seine Seele liebte."
Eine Anwandlung von Eifersucht des A. S. über die
Liebe seiner beiden Freunde zu einander veranlaßte Tafel
zur größern Selbstbeobachtung und Beherrschung, und
zeigte er auch bei dieser Gelegenheit das gerechte und
offene Verfahren, das wir stets bei ihm wahrnehmen.
Er erklärte sich hierüber gegen A. S., welcher als Dritter
in den Freundschaftsbund aufgenommen wurde, und schrieb
darauf bezüglich auch an Wechlerlin vom 5. — 7. August

1816: „Wir wollen nicht eifersüchtig sein in der Freund-
„schaft … Soll unsere Freundschaft Gott wohlgefällig
„sein, … so werden wir unser Augenmerk darauf richten
„müssen, den Freund hauptsächlich nach Beschaffenheit des
„Guten, das in ihm ist, zu lieben: denn so lieben wir in
„ihm den Herrn, von dem sein Gutes ist. Auf diese
„Weise können wir uns gegen Jeden redlich verhalten,
„werden Keinem heucheln." Nur kurze Zeit sollten die
Freunde sich eines nähern Beisammenseins in Tübingen
erfreuen, denn nachdem sie dort im Ostern 1817 waren
vereinigt worden, ging schon am 30. October selben Jahres
Ferdinand Weckherlin in die geistige Welt über, als er
auf einer Reise in der Schweiz begriffen war, wo er in
Basel im Alter von 22 Jahren von einem Nervenfieber
hingerafft wurde. Tief und schmerzlich wurde sein Verlust von dem Freunde empfunden. —

Inzwischen hatte sich das Berufsleben Immanuel Tafels wieder der ursprünglichen Bestimmung zugeneigt; denn
als die Zeit herankam, wo er die Universität in Tübingen
zugleich mit seinem jüngern, zum Studium der Jura bestimmten Bruder beziehen sollte, machte sich seine Vorliebe
für die Theologie wieder geltend. Freilich war der Entschluß, von einem Beruf zu einem andern überzugehen,
wenn auch der eine schon angetretene nur durch die Macht
der Umstände erwählt oder aufgedrungen worden, der
andere aber, der erst bestimmte, durch die nie wankend
gewordene Neigung unterstützt wurde — nicht so leicht zu
fassen, weshalb denn auch der junge Tafel auf die Ermahnung seines väterlichen Freundes, des Rathes Mebold,
Theologie zu studiren statt der Rechte, nicht sofort eingehen konnte. Doch der Entschluß, sich ganz dem Dienste
des Herrn zu weihen im Verkündigen Seiner Wahrheiten,

mußte zur Reife kommen, denn das Christenthum war lebendig geworden in Immanuel Tafels Seele und das Lesen von Swedenborg's Schriften hatte ihn zu immer größerer Klarheit gebracht; alle Zweifel waren gelöst und der Herr und dessen Wort ihm innig nahe. Daß nur diese innern Gründe ihn bestimmten und ihm die Laufbahn vorzeichneten, die er betreten sollte, äußere Vor- oder Nachtheile aber gar keinen Antheil an seiner Entscheidung hatten und gegen jene nicht in Betracht kamen, erkennen wir mit Freuden aus dem Umstand, daß ihm zwei einträgliche Amtsanstellungen in Aussicht gestellt worden, so daß er als Rechtsgelehrter schnell zu Amt und Brod gekommen wäre, es aber vorauszusehen war, daß dieses, sobald er als Theologe gegen bestehende, von der Kirche sanctionirte Irrthümer auftreten würde, nicht so leicht der Fall werden durfte. Er verließ sich aber auf den Herrn fester als auf Menschen und menschliche Vortheile, wie er auch äußerte, als später wirklich die voraussichtlichen Schwierigkeiten eintraten, indem er die symbolischen Bücher nicht unbedingt unterschreiben wollte. „Ich kann wir„ken ohne ein Amt, der Herr kann mich erhalten ohne „Anstellung, und meine Bedürfnisse weiß ich zu beschrän„ken. Die Personen sollen sich nie den Sachen unter„werfen; abhängig machen werde ich mich nie; ich weiß, „wem ich biene. Er wird mich nicht stecken lassen."

Zuvörderst war denn nun das Studium der Theologie seine Sorge, auf das er allen Fleiß und die dazu erforderliche Zeit in vollem Umfange zu verwenden wünschte, weshalb er das wohlwollende, offenbar durch seine ungewöhnliche Begabung hervorgerufene Erbieten der Facultät, ihn mit Überspringung zweier Promotionen sogleich zur Magisterpromotion zuzulassen, gegen den Professor Steubel, der ihm Mittheilung davon machte, ablehnte.*) Um denn nun von unten anzufangen und Alles gründlich durchzugehen, hörte er vor dem eigentlichen Studium der Theologie zwei Jahre hindurch philosophische und philologische Collegien und studirte privatim die Schriften von Kant, Fichte, Schelling u. A. — Vom Herbste 1819—21 fand das eigentliche Studium der Theologie statt, wobei er außerdem bemüht war, der Grundsätze der Kritik und Hermenentik sich zu bemächtigen und sich praktisch in ihnen zu üben. Dies geschah hauptsächlich vermittelst verschiedener Aufsätze, deren Wahl ihm selbst überlassen wurde, und so erschienen außer den schon 1819 eingelieferten „Über die Freiheit des Willens" und „De origine mali", im Frühjahr 1820 „Über die Möglichkeit einer göttlichen Offenbarung. I: Metaphysische Möglichkeit" und im März desselben Jahres „Über das Unbedingte in der Moral in Beziehung auf die moralische Möglichkeit einer Offenbarung", im Juli eine Fortsetzung desselben: „Welche Einwürfe sind gegen die Möglichkeit einer Offenbarung gemacht worden? mit welchem Recht? II. Moralische Möglichkeit"; welche Abhandlungen alle mit besonderem Lob und ehrenhafter Anerkennung von den Repetenten und Professoren aufgenommen und zurückgegeben wurden. — Von der philosophischen Kritik wandte er sich nun zur Quellenkritik und excerpirte selbst die äußern Zeugnisse für die Echtheit der neutestamentlichen Schriften aus den apostolischen Vätern und aus den Kirchenvätern. Hieraus gingen folgende Aufsätze hervor, welche der Reihe nach übergeben und wie die erstern von den Betreffenden mit anerkennenden Bemerkungen versehen wurden: „Über den Sinn des Gesetzes, mit besonderer

---

*) Zur Geschichte der N. R. Seite 268.

Rücksicht auf Röm. 3, 28.", „Läßt sich eine Mehrheit von
Personen in Gott aus dem alten Testamente erweisen?"
— Eine Experimentalarbeit über den Zusammenhang des
Todes Jesu mit der Sündenvergebung, wo statt der Anselmschen Genugthuungslehre die wahrhaft biblische Erlösungs-
idee entwickelt wurde, gefiel den beiden Repetenten H. und
Osiander so sehr, daß sie den Verfasser nachher baten,
ihnen dieselbe näher zu erklären, woraus Tafel später
schloß, daß diese Ideen auf die Brandsche Schullehrer-
bibel übergegangen sein mochten, auf welche Osiander Einfluß bekam und der man in öffentlichen Blättern den Vorwurf des Swedenborgianismus machte. Bisher war der
so vielfach verkannte und verläumdete Name Swedenborg's mit Tafel nicht in Verbindung gebracht worden,
denn dieser hatte ihn nicht eher preisgeben wollen, bevor
er „zur geistigen Miliz" erstarkt sei, um ihn gehörig vertheidigen zu können. Und das war erst allmählich geschehen, indem er die einzelnen Theile von Swedenborg's
Lehre, die er nicht gleich hatte auffassen können, „mit allen
„darauf Bezug habenden Bibelstellen zusammengestellt und
„nach den Grundsätzen der Hermeneutik im Einzelnen genau untersucht und gewürdigt hatte". Auch war er erst
jetzt mit denjenigen Werken Swedenborg's bekannt geworden, auf welche dieser sich zu seiner Beglaubigung berufen, nämlich die „Enthüllte Offenbarung Johannis" und
die „Himmlischen Geheimnisse" und fand darin „eins der
„größten Wunder, das je gegeben worden, .. nicht ein
„Wunder für die Sinne, sondern ein Wunder für die
„Vernunft, das in der Lehre selbst liegt, sofern der gei-
„stige Sinn der Schrift eben die entwickelte Lehre ist,
„deren Grundzüge schon aus dem buchstäblichen Sinn ge-
„zogen sind." Öfters äußerte er, und so auch in den

letzten Lebenstagen: Den Beweis, welchen er für die Göttlichkeit von Swedenborg's Lehre verlangt, habe er in der arcana coelestia gefunden, denn nach dem Lesen der ersten Capitel dieses Werkes sei es ihm wie Schuppen von den Augen gefallen. — Die erste Veranlassung, sich öffentlich für Swedenborg zu bekennen, dessen Lehre übrigens offen in Aufsätzen und Predigten ausgesprochen worden, wurde in einem Kränzchen gegeben, welches aus norddeutschen und schweizer Theologen bestand, und wo Tafel öfters der Anselmschen Genugthuungslehre entgegentrat, welche namentlich von zwei Holsteinern vertheidigt wurde. Bei einer solchen Gelegenheit brach Krummacher mit der Frage hervor: „Höre, Tafel, bist Du nicht ein Swedenborgianer?", welche von der Seite des Gefragten mit einem freudigen „Ja" beantwortet wurde. Denn dieser, obwohl er ausweichend hätte erwidern und sagen können, er sei überhaupt kein „aner", nahm die Frage in dem Sinne des Fragenden: ob er Swedenborg's Lehre für wahr halte, und bejahte dies ebenso offen als freudig. Freilich wollte er sich damit nicht als Anhänger irgend eines Menschen dargestellt wissen, sondern, wie Swedenborg und jeder gute Christ, allein als ein Anhänger oder Jünger Christi, unseres Herrn.

Ein so offenes Bekenntniß mußte Aufsehen erregen; auch der Prälat Professor Dr. von Bengel hörte davon und befragte Tafel darüber, indem er ihm bekannte, daß er Swedenborg nicht näher kenne und noch nichts von ihm gelesen habe. Da indessen der so berühmte, nicht wohl zu übergehende Name erwähnt und beleuchtet werden mußte, so pflegte der Prof. v. Bengel bei seinen Vorlesungen über Kirchengeschichte bloß den Bericht vorzulesen, den Stäublin in seiner Universalgeschichte der christlichen

Kirche über Swedenborg und die N. Kirche giebt, „der „aber fast nach allen seinen Theilen grundfalsch ist und „den Standpunkt Swedenborg's und der N. K. völlig „verrückt." *) — Tafel lieh dem Professor deshalb den Leipziger Auszug aus Swedenborg's Werken von 1789, daneben eine Abhandlung über dessen Leben, Schriften u. s. w., von welchem Buche er aber leider nur die bessere Vorrede gelesen, nicht das Buch selber, welches, wie es in einer Kritik von S. Nable heißt, **) „geeignet ist, einen völlig falschen Begriff von Swedenborg's Werken zu geben". Diese Wirkung der verfehlten Schrift gab sich denn leider auch bei dem Professor v. B. kund, der deshalb Tafel in dessen Ansichten über Swedenborg entgegentrat, ihm aber doch zugeben mußte, daß weder die Lehre von drei Personen in der Gottheit, noch die kirchliche Versöhnungslehre, noch die Lehre von der Schöpfung der Engel aus der Schrift erweislich sei, welches letztere auch von Dr. Wurm anerkannt wurde.

Sobald nun die Ansichten und die Glaubensrichtung Tafels als ein System umfassend, welches von dem kirchlichen abwich, bekannt wurden, warf man ihm die Befangenheit einer vorgefaßten Anschauung vor, nicht bedenkend, daß er erst die Wahrheit dieses Systems nach neunjähriger sorgfältiger Prüfung anerkannt und angenommen hatte, wobei er vergleichend und nach allen Regeln der Wissenschaft verfahren. Dennoch, obwohl man aus eigener Befangenheit heraus ihm Befangenheit Schuld gab, konnte man nicht umhin, seiner Gründlichkeit und der Reife seiner Vernunftschlüsse Anerkennung zu zollen; weshalb denn der

---

*) Siehe: Zur Gesch. der N. K. Seite 269 und ferner, Anmerk.
**) Siehe: Zur Gesch. der N. K. Seite 106.

Tadel, den man auf sein System warf, mit dem Lobe, welches man seiner persönlichen Begabung und seinen Kenntnissen spendete, Hand in Hand ging, wie dieses auch schon in dem Urtheile über seine Abhandlungen ersichtlich wird. Diese waren: „Kann eine Mehrheit von Personen in Gott aus der Stelle Matth. 28, 19 bewiesen werden?" mit dem Resultate der Verneinung und dessen Ergänzung „de sensu vocum πατήρ, υἱός, praesertim ratione habita ad Matth. 28, 19." Das Urtheil über ersteren Aufsatz, das von dem Repetenten beigesetzt wurde, lautet: „Mit lobenswerthem Fleiß, mit Nachdenken und Gründ-„lichkeit gearbeitet, aber freilich alles nur zum Behufe der „vorgefaßten eigenthümlichen Ansicht des Verfassers, „dessen Exegese daher nicht ganz unbefangen ist."

Ob Vorgefaßtheit und Befangenheit vereinbar ist mit vieljähriger streng wissenschaftlicher und gewissenhafter Prüfung, und das bei einem Charakter, der nichts wollte und erstrebte als Wahrheit, nichts annahm, als was er vernünftig begründen und demzufolge als Wahrheit erkennen konnte — mag jeder rechtliche Leser entscheiden. —

Auch die schon früher begonnenen Angriffe des „Christenboten" wurden jetzt erneuet, dessen Anfeindungen wir um so mehr hier übergehen zu dürfen glauben, als sie aller ihrer Verdrehungen und Verfälschungen bereits überwiesen worden und eine ebenso gründliche als klare Widerlegung gefunden haben in Professor Tafels „Geschichte zur N. Kirche" Seite 273 und ferner, sowie 1835 in seiner „Ver-„gleichenden Darstellung und Beurtheilung der Lehrgegen-„sätze der Katholiken und Protestanten, mit besonderer Rück-„sicht auf Dr. Mühler und seine protestantischen Gegner. „Zugleich die erste Darstellung und Begründung der Un-„terscheidungslehren Swedenborg's gegenüber den Entstel-

„lungen und Gegensätzen in Dr. Mühler's Symbolik, in „Dr. Guerike's Kirchengeschichte, im Christenboten und in „der evangelischen Kirchenzeitung." —

Nach stattgefundener Promotion verließ Immanuel Tafel 1821 das Seminar, auf dem er in den vier dort zugebrachten Jahren in wissenschaftlicher und moralischer Beziehung sich ausgezeichnet hatte, letzteres auch in äußern und kleinern Dingen, wie er sich z. B. unverbrüchlich an die doch nicht immer von ihm gebilligten Gesetze des Seminars gehalten, so daß er nicht nur niemals bestraft worden, sondern auch nie eine „Note" erhalten hatte. Nie hatte er sich auf leichtsinnige Freuden und gewöhnliche Zerstreuungen der Jugend eingelassen, sondern auch hierin befolgte er stets die strengsten Grundsätze und hielt Zeit und Kräfte zu werth, um sie auf mehr oder minder schädliche Lustbarkeiten zu verwenden. Die einzige Verbindung, in die er als Student trat, war die von ihm selbst begründete für „unbedingte Wahrhaftigkeit und Gerechtigkeit", indem er überzeugt war, daß ohne Wegräumung der Ungerechtigkeit und Lüge und des Bösen überhaupt an kein Fortschreiten im Guten zu denken sei.

Werfen wir nun einen Blick auf die Jünglingsjahre Immanuel Tafels zurück, den wir schon in verschiedenen Lebensstellungen, aber immer mit demselben pflichttreuen, offenen, wahrheitsliebenden Sinn, mit demselben redlichen, biedern, reinen Wandel erblickt haben, so erkennen wir, wie die göttliche Vorsehung durch besondere Fügung der Umstände ihn weislich auf Umwegen zum Ziele geführt, damit dieses ihr auserwähltes und reich begabtes Werkzeug noch vollständiger in der Wahrheit befestigt und durch ein weit umfassendes Wissen zu dem Berufe ausgerüstet werde, für den sie ihn ersehen. Wie der Beruf ein besonderer, so waren auch die Wege ungewöhnlich, die zu ihm leiteten. Der Theologe, der treue, unermüdliche Verkündiger der Gottesgelehrtheit, wurde nicht Prediger im gewöhnlichen Sinne des Wortes, sondern erhielt eine geistige Kanzel in der geistigen Kirche, welche er bauen helfen sollte. Zwar sah er sich als Vertreter der Lehre Swedenborg's, die selber in dem obersten Grundsatz des Protestantismus wurzelt, keinesweges von der protestantischen Kirche oder von dem Rechte ausgeschlossen, in ihr ein Pfarramt zu bekleiden, noch war dies mit seinen Grundsätzen unverträglich, so lange die Verpflichtung auf die symbolischen Bücher mit dem beschränkenden Zusatze „in so weit sie mit der heiligen Schrift, als der alleinigen Quelle, Vorschrift und Richterin in Glaubenssachen, übereinstimmen" geschehen dürfe; doch weil er sich getrieben fühlte, ein Werk zu unternehmen, was schon allein ein ganzes Leben ausfüllen konnte, so mußte er fürchten, durch die Obliegenheiten eines Predigtamtes davon abgehalten zu werden, weshalb er drei ihm angebotene Vicariate ausschlug. Überzeugt von der Macht der Wahrheit, wie sie aus Swedenborg's lauterer Lehre hervorstrahlt, wünschte er die Segnungen derselben seinem deutschen Vaterlande zugänglich zu machen und zugleich gegen die Gegner den begonnenen philosophisch-exegetischen Streit fortzuführen. Zu diesem Ende beabsichtigte er die Werke Swedenborg's ins Deutsche zu übersetzen und in Schweden alles zu sammeln, was für und wider Swedenborg erschienen sei. Auf sein zu diesem Behufe beim Consistorium eingereichtes Gesuch um Reiseerlaubniß auf 1 Jahr wurde ihm diese durch ein Ministerial-Decret vom 8. October ertheilt, doch konnte er vorerst von dieser Erlaubniß keinen Gebrauch machen, weil er bald darauf erkrankte und dann der Winter vor der Thür war; auch wurde er durch ältere Freunde der N. Kirche, mit denen er sich in Verbindung gesetzt und in Stuttgart eine Zusammenkunft hatte, davon abgerathen. Man hielt nämlich dafür, daß ein Sammeln von Urkunden noch anstehen könne, das erste Bedürfniß für Deutschland aber die Übersetzung der Werke Swedenborg's sei, dieses müsse erst befriedigt werden und namentlich von der „Ganzen Theologie der N. Kirche" eine dritte Auflage erscheinen. So entschloß sich denn Immanuel Tafel, vor der Hand zu bleiben und den Deutschen die sämmtlichen theologischen Werke Swedenborg's anzukündigen, sowie er sich in dem Vorworte oder der Subscriptionsanzeige vom 17. December 1821 auch zum Wiederabdruck der lateinischen Originalien erbot, falls die Sache unterstützt werden würde. Zuerst aber sollten 8 Werke erscheinen, die noch nie ins Deutsche übersetzt worden waren. — Erfreulich und ermunternd war der Antheil, den der erste Geistliche des Landes, der Prälat und Ober-Studiendirector von Süskind in Stuttgart, an diesem Unternehmen nahm; Tafel hatte ihm eine Anzeige davon gemacht und seine Ansichten gegen ihn ausgesprochen, worauf der Prälat erwiderte: es sei schon recht, daß Swedenborg's Werke erschienen, man dürfe Alles prüfen; er selbst habe ein kleines Werk von Swedenborg, in dem viel Gutes stehe. Auch fügte er hinzu, Tafel könne wegen seiner religiösen Ansichten wohl eine Anstellung in der Kirche erhalten; ob er nicht ein Vicariat annehmen wolle; zwei Prediger hätten um ihn gebeten." Hierüber, sowie über den Grund, weshalb er von der erhaltenen Reiseerlaubniß keinen Gebrauch gemacht, versprach Tafel sich gegen das Consistorium zu erklären, welches in einer Eingabe vom 13. Februar 1822 geschah. In dieser sagt er, daß er durch

Krankheit sei verhindert worden, jene Reise anzutreten, und bittet schließlich um Erlaubniß, dieselbe auf unbestimmte Zeit aufschieben zu dürfen; ferner, seine Pläne wären durch den Umstand verändert worden, daß er mit Bestimmtheit habe voraussehen können, wie er nunmehr kein kirchliches Amt in der vaterländischen Kirche werde erhalten können, weil man bei der Verpflichtung auf die symbolischen Bücher nicht mehr die Einschränkung beisetzen dürfe, „so weit sie mit dem Worte Gottes übereinstimmen", und außerdem es nach seiner Rückkehr von dem Erfunde einer Consistorial-Prüfung abhangen solle, ob man ihn in Rücksicht auf seine theologischen Meinungen für tüchtig zu einer Anstellung bei der vaterländischen Kirche werde erklären können. Sein Gewissen erlaube ihm aber nicht, in der Verpflichtungsurkunde etwas von dem wegzulassen, was er denke. In der Überzeugung, der Menschheit nicht mehr nützen zu können, als durch eine Übersetzung von Swedenborg's Werken, habe er — in Betracht der erwähnten Umstände — statt eines Werkes, deren mehrere angekündigt; er sei dem Publicum schuldig, dies gegebene Wort zu erfüllen, und um dieses leisten und die von Sr. Königl. Majestät geforderte Rechenschaft geben zu können, sei es nöthig, daß er noch längere Zeit im Lande bleibe und seine ganze Zeit für sich habe. — Indessen kreuzte sich diese Erklärung mit einem höchsten Erlaß, welcher durch einen falschen Bericht voller Entstellungen und Scheingründe in einer Beilage zum „Schwäbischen Mercur" vom 12. Februar 1822 hervorgerufen worden, der durch eine Antwort d. d. 19. März 1822, die gleichfalls dem „Schwäbischen Mercur" beigelegt, sowie verbessert und vermehrt in Professor Tafels Schrift: „Swedenborg und seine Gegner" (Tübingen 1838) wiedergegeben und widerlegt worden. Jener höchste Erlaß aber enthielt unter Androhung des Verlustes der Rechte eines Seminaristen das Verbot der Herausgabe von Swedenborg's Werken, sowie das Gebot, die Swedenborgische Lehre weder öffentlich noch privatim zu verkündigen und sich jeden Verkehrs mit einer Gesellschaft Swedenborgscher Anhänger zu enthalten.

Immanuel Tafel gab hierauf am 6. März 1822 folgende Erklärung ein:*) „Da ich es für meine Pflicht „halte, in jedem Augenblick meines Lebens so viel zu „nützen, als in meinen Kräften steht, und ich fest über=„zeugt bin, daß ich durch nichts so sehr nützen kann, als „durch die Bekanntmachung und Vertheidigung der Swe=„denborgschen Schriften, weil ich in denselben eine von „Gott gesandte Hülfe erkenne, welche die Christenheit nicht „nur von ihren vielen Gebrechen heilen und von fremden „Zusätzen reinigen, sondern auch alle ihre, von der ver=„änderten Zeit herbeigeführten, Bedürfnisse befriedigen, „und dieselbe ihrem großen Ziele mit schnellen Schritten „entgegenführen kann; da ich glaube, zeigen zu können, „daß die mir bekannt gewordenen Einwürfe entweder auf „Unkenntniß und unrichtiger Auffassung der Swedenborg=„schen Lehre, oder auf willkürlichen Voraussetzungen und „einseitiger Schriftauslegung, oder auf Vorurtheilen und „Trugschlüssen beruhen: so würde ich gegen mein Pflicht=„gefühl handeln, wenn ich, obgleich ganz ohne Vermögen, „durch die Rücksicht auf den Broderwerb und ähnliche „Rücksichten mich bestimmen ließe, die Bekanntmachung und „Vertheidigung dieser Lehre zu unterlassen und jenes, „meine Anstellung bei der vaterländischen Kirche bedin=

---

*) Zur Geschichte der N. K. Seite 297 und 208.

„gende, Versprechen zu leisten. Da übrigens die Gründe
„für und wider noch nicht angehört und geprüft sind,
„und ich hoffe, daß die Vorwürfe von Schriftwidrigkeit
„künftig wegfallen werden, da ferner die Symbole der
„evangelischen Landeskirche nur **bedingte Gültigkeit**
„haben, da sie nach dem Urtheil so mancher würdigen Theo=
„logen nicht mehr im Stande sind, die Kirche zusammen=
„zuhalten, und daher von den meisten eine Abänderung
„gewünscht wird; da ich hoffen darf, daß sie die von so
„vielen erwünschte Abänderung bald erleiden werden, und
„dann die Lehre Swedenborg's nicht mehr als abweichend
„erscheinen dürfte: so kann ich die allerhöchste Erklärung
„nicht so nehmen, als ob mir die Rechte eines Seminari=
„sten jetzt definitiv entzogen werden sollten; ich kann viel=
„mehr dieselbe nur so deuten, daß ich von meinen Rechten
„gegenwärtig und vor ausgemachter Sache keinen Gebrauch
„machen könne; und dies wollte ich ja nicht, habe viel=
„mehr Seine Königliche Majestät erst neulich unter dem
„13. Februar dieses Jahres allerunterthänigst gebeten,
„mich gegenwärtig von einer Anstellung frei zu lassen.
„Gegenwärtige Erklärung unterzeichne ich in der be=
„stimmten Zuversicht, daß die Bekanntmachung der Sweden=
„borgschen Lehre die segensreichsten Folgen haben werde."

Diese Bekanntmachung wurde vorerst nicht weiter be=
hindert, indem höheren Orts nicht gebilligt wurde, was
etwa das Consistorium dieselbe betreffend hatte beschließen
wollen.

Die vielen Angriffe, welche nun erfolgten, veranlaß=
ten Immanuel Tafel, die Herausgabe von der Lehre
des N. Jerusalems vom Herrn, welche sich einfach auf
den buchstäblichen Sinn der heiligen Schrift stützt, mit
einer langen und trefflichen Vorrede zu begleiten, in der

jene widerlegt und Swedenborg's Auftreten als eine weltgeschichtliche Erscheinung nachgewiesen wurde. Diese Schrift erschien am 2. Februar 1823 und wurde von dem Herausgeber den Consistorialräthen und vielen Andern als Geschenk zugesandt. Der Prälat und Ober-Studiendirector Herr von Süskind äußerte sich darüber sehr günstig und spendete dem Verfasser das Lob, daß er „ein sehr guter Kenner der ihm entgegenstehenden Lehre" sei; sowie auch der Ober-Consistorialrath Prälat von Griesinger ein ähnliches Urtheil fällte in einem Schreiben d. d. Stuttgart 2. Mai 1823, welches lautet wie folgt:

„Verehrungswürdigster Freund und Gönner!

„Sie haben mir mit der Lehre des Neuen Jerusalems „vom Herrn ein kostbares und sehr angenehmes Geschenk „gemacht. Empfangen Sie dafür meinen innigsten Dank! „Ich war in meinen jüngern Jahren mit den Swedenborgschen Ideen nicht unbekannt, hielt sie immer für „sehr interessant und würdig, mit Aufmerksamkeit und „Unparteilichkeit geprüft zu werden, und es freut „mich nicht wenig, daß sie jetzt einen Gelehrten gefunden haben, der zu dieser Untersuchung Talent, Kenntnisse, Wahrheitsliebe und Rechtschaffenheit besitzt, „und zwar in großem Grade. Gönnen Sie noch ferner „Ihre Gewogenheit

Ihrem dankbaren Freund und Verehrer

Griesinger."

Der „Christenbote" wich indessen von der Ansicht der Consistorialräthe ab, indem er, hartnäckig auf seinem alten Standpunkt verharrend, Swedenborg's Offenbarungen mit dem Vorwurfe der Einseitigkeit angriff und behauptete, sie böten dem Vernunft- und Tugendstolze Nahrung, welche Einwürfe alle mit gewohnter Klarheit und Gründlichkeit von Immanuel Tafel widerlegt wurden,*) sich aber auch schon von selbst widerlegen; denn wie Einseitigkeit nicht bei sorgfältiger wissenschaftlicher und gewissenhafter Prüfung besteht, so kann von Vernunft- und Tugendstolz bei einer Lehre nicht die Rede sein, die deutlicher als jede andere nur das Böse dem Menschen, alles Gute aber dem Herrn zuschreibt, der die Vernunft eines Jeden erleuchtet und das Gute in Jedem wirkt, und ohne den nichts Vernünftiges gedacht, nichts Gutes gethan werden kann, eine Lehre, welche die höchste Engelweisheit in der Erkenntniß derselben begründet, daß Alles ihnen vom Herrn kommt und von Ihm fortwährend ihr Gutes und ihre Gedanken einfließen.

Auch an "öffentlichen Stimmen, welche Protestationen einlegten", an "kurzen und einfachen Entgegnungen" fehlte es nicht, welche indessen den Streit nicht fortführten, weil sie sich nicht auf Gegengründe einließen. Aber falsche Berichte und Denunciationen stellten die Sache als staatsgefährlich hin und brachten es am Ende so weit, daß die meisten von dem Lesen der Werke Swedenborg's zurückgeschreckt wurden und der Herausgeber selbst in eine 3½jährige Unthätigkeit versetzt wurde, nachdem die beiden Hauptlehren, nämlich die "Lehre des Neuen Jerusalems vom Herrn", 1823, im ersten Bande seiner Übersetzungen, und die "Lebenslehre für das Neue Jerusalem aus den zehn Geboten", sammt der "Lehre des N. J. von der heiligen Schrift und vom Glauben" und dem Werke "vom jüngsten Gericht und vom zerstörten Babylonien", 1824, im zweiten Bande erschienen waren. Auch ein dritter Band,

---

*) Zur Geschichte der N. K. Seite 805 und ferner; sowie Magazin für die N. K. Bd. II. Seite 12—70 und Bd. III.

enthaltend die 6 ersten Capitel der Enthüllten Offenbarung Johannis, war beendigt.

Trotz aller Bemühungen Immanuel Tafels, den Segen der Lehren Swedenborg's darzulegen, von ihrer Ungefährlichkeit für den Staat, — ja noch mehr, von ihrem Nutzen für denselben zu überzeugen, da sie die Treue gegen den König, den Gehorsam gegen die Staatsgesetze und die Genauigkeit in der Entrichtung von Steuern und Abgaben u. s. w. zur Religionspflicht machen, wie auch die Erfahrung beweise, daß die dieser Lehre Ergebenen treue Staatsdiener wären und sich nicht bei politischen Unruhen betheiligten, weshalb sie auch nirgends vor einem Staatsamte ausgeschlossen worden, und in England, Frankreich und Schweden öffentliche Bekenner und Verbreiter der Lehre Ämter bekleideten, — trotz der Anerkennung und Billigung der Bestrebungen Tafels von Seiten hochgestellter Geistlichen, die Werke und Lehren Swedenborg's herauszugeben, zu erläutern und zu vertheidigen, — trotz des Beifalls der Königl. Gesellschaft der Wissenschaften in Göttingen, die schon vom literarischen Standpunkte die Herausgabe der Werke Swedenborg's wünschte, — war es doch den Entstellungen der Gegner gelungen, sie zu verdächtigen und dadurch eine höchste Entschließung vom 24. September 1825 zu bewirken, in welcher unserm Immanuel Tafel eine schriftliche Erklärung abgefordert wird, „daß er — so lange er ein öffentliches Amt bekleide — „zur Herausgabe der Swedenborgschen oder anderer ähn„licher Schriften weder mittelbarer noch unmittelbarer „Weise beitragen werde."

Ein öffentliches Amt aber war er genöthigt worden zu bekleiden, da er ohne dieses bei der schwachen Theilnahme des Publicums nicht die Mittel gehabt hätte, in seinem Wirken fortzufahren, weshalb er — auch bewogen durch seine Vorliebe für Bücher — um die 1824 erledigte Stelle eines Bibliothekars an der Universität Tübingen sich bewarb und dieselbe, ungeachtet viele ältere Competenten da waren, zunächst provisorisch auf ein Jahr, später definitiv erhielt.

So ungern Tafel sich zu dem geforderten schriftlichen Versprechen verstand, so geboten doch die Umstände, sich zu fügen, weil er vor der Hand nichts ausrichten konnte, aber hoffen durfte, mit der Zeit, wenn ihm die Mittel zur Fortführung seiner Übersetzungen und schriftstellerischen Arbeiten gegeben würden — dieses Versprechens sich entbunden zu sehen, sei es auch nur durch die Niederlegung seines Amtes. In dieser Weise äußerte er sich auch offen gegen den Königl. Bevollmächtigten So mußte denn der vierte Band, enthaltend die Fortsetzung der Enthüllten Offenbarung Johannis, die bis gegen die Mitte vollendet und davon schon 7 Bogen im Druck erschienen waren, sowie auch alles Andere der Art jetzt ruhen. Schwer mußte es auf der Seele des wirksamen Mannes lasten, das dem Publicum gegebene Versprechen nicht mehr erfüllen und die vielen auf die N. K. gemachten Angriffe nicht zurückweisen zu dürfen. Es war eine schwere Zeit der Prüfung, in der allein das Vertrauen auf den Herrn und die Ergebung in Seinen heiligen Willen Geduld und Glaubensfreudigkeit verleihen konnte, auf Seine Stunde zu harren. Oft wohl muß die Seele seufzen: „Ach, Herr, wie verziehst Du so lange?", aber sie weiß, daß Sein Werk nicht untergeht, wenn auch die Menschen sich dawider setzen. Der Herr zeigte auch hier, daß Er Mittel und Wege habe, Sein Werk auf Erden geschehen zu lassen, und daß Er in der That die Herzen der Könige leitet wie Wasserbäche. Denn derselbe König, welcher am 24. September 1825 die Herausgabe von Swedenborg's und andern ähnlichen Schriften unserm Immanuel Tafel untersagte, so lange er ein öffentliches Amt bekleide, gewährte ihm am 25. März 1829 die gnädigste Erlassung der am 24. September 1825 gemachten Bedingung.

Immanuel Tafel hatte nämlich, nachdem er jene Bedingung in 3½ Jahren unverbrüchlich gehalten, sich am 1. März 1829 an den König mit der Bitte gewandt, ihm zu erlauben, mit der Herausgabe jener Werke fortzufahren, wozu bei jetzt veränderten Umständen Pflicht, Ehre und die Rücksicht auf seine Lage ihn dringend aufforderten. Dieses begründete er näher durch das dem Publicum gegebene Versprechen, durch das Gebot des Gewissens, die erkannte Wahrheit so viel wie möglich Allen zugänglich zu machen und sie gegen unverdiente Verunglimpfungen zu vertheidigen und — als untergeordnete Rücksicht — durch den empfindlichen Verlust, den er als Selbstverleger dadurch erlitten, daß er mitten im Werke habe innehalten müssen. Er wies darauf hin, daß diese, wie jede literarische Thätigkeit, gewiß mit der Würde des Bibliothekariats sich vertrüge, und daß die Bücher ans Licht gezogen werden sollten; denn wären sie wahr, so müßten sie gut und wohlthätig sein, wären sie es nicht, so müßte man Gelegenheit geben, sie zu widerlegen.

Durch des Königs Genehmigung dieses Gesuches sah der so lange in unfreiwilliger Unthätigkeit Gehaltene sich endlich befreit und konnte um so freudiger an die Fortsetzung des unterbrochenen Werkes gehen, als die äußern Mittel und Wege dazu angebahnt worden waren. Es hatte nämlich der ihm im Glauben der N. K. befreundete Hof-Apotheker Frank in Potsdam sich erbaten, die Druckkosten des vierten Bandes von Swedenborg's Werken zu bestreiten, sowie auch ein Buchhändler sich bereit erklärt, die Expedition des im Jahre 1828 von Immanuel Täfel gegründeten Selbstverlages zu übernehmen.

Nachdem denn nun das Sonnenweib, b. i. die Neue Kirche, in die Wüste geflohen war, wo sie einen Ort hatte von Gott bereitet, wo sie ernährt wurde 1260 Tage, oder eine Zeit (zwei Zeiten) und eine halbe Zeit, und dem Thiere aus dem Meer ein Maul gegeben worden, das große Dinge redete und Lästerungen und ihm Macht gegeben worden, zwei und vierzig Monate lang sein Wesen zu treiben und die Heiden die heilige Stadt zertreten hatten zwei und vierzig Monate lang, kam Geist des Lebens aus Gott in die zwei Zeugen, nämlich in die zwei wesentlichen Stücke der Lehre der N. K., der Glaube an den Herrn Jesus Christus als Gott des Himmels und der Erde und ein den zehn Geboten gemäßes Leben, wie sie in den beiden erschienenen Werken Swedenborg's enthalten, der „Lehre des Neuen Jerusalems vom Herrn" und „Lebenslehre für das Neue Jerusalem aus den Vorschriften der zehn Gebote"; und sie, nämlich die zwei Zeugen, nachdem sie ihr Zeugniß abgelegt von dem Thier, das aus dem Abgrund aufstieg, und bekriegt, überwunden und getödtet worden, — und ihre Leiber gelegt worden auf den Gassen der großen Stadt, die da heißt geistlich Sodome in Ägypten, da unser Herr gekreuzigt worden, — standen wieder auf ihren Füßen. Daß die Zeugen Leben aus Gott bekamen und wieder auf ihren Füßen standen, bedeutet, daß die unterdrückten und wie todt niederliegenden Hauptlehren der Neuen Kirche oder des Neuen Jerusalems wieder zur Geltung kamen und wieder lebendige Zeugen wurden für die in ihnen vertretenen Wahrheiten.*) In den Zeiten der Trübsal aber, nämlich in den 1260 Tagen, oder 42 Monaten, oder was dasselbe ist, den 3½ Jahren, in denen, durch die erzwungene Unthätigkeit ihres Vertreters, die Lehren der Neuen Kirche darniederlagen, wurde merkwürdiger Weise aus der Mitte der Gegner eine weissagende Stimme für sie laut. Nife Hauffe, die bekannte Seherin von Prevorst, eine redliche und fromme Person, welche im gewöhnlichen Zustande wie eine Pietistin sprach und meinte, die seligen Geister würden wohl zu keinem andern Gott beten als zu Gott, dem Vater, und es komme vor Allem auf den Glauben an, im Zustande des Hellsehens aber sagte: der Heiland sei der Gott, zu dem die seligen Geister beteten, und das Vornehmste sei die Liebe — wurde durch den Dr. Kerner im Herbste 1827 mit Immanuel Tafel bekannt. Dieser war damals wie auch später durchaus gegen das in der heiligen Schrift so streng verbotene Fragen der Todten und gegen den Verkehr mit der Geisterwelt, gegen den Swedenborg als höchst gefährlich ausdrücklich warnt, und konnte daher der Seherin weder einen Auftrag geben, noch bei seinem Besuche bei ihr eine Aufklärung über verborgene Dinge bezwecken; nur prüfen konnte er, wie jeder wissenschaftliche und denkende Mann, die seltsamen Erscheinungen des Magnetismus, durch den das geistige Auge des im äußern Menschen verhüllten geistigen Menschen allerdings geöffnet wird, die dem leiblichen Auge unsichtbare Geisterwelt zu schauen, und somit schon das Dasein des geistigen Leibes bestätigt wird, der in dem äußern Leibe eingeschlossen ist. Wie sehr aber solches Sehen in die Geisterwelt zu Täuschungen führen muß und

---

*) Enthüllte Offenbarung Johannis Cap. 11—13.

von nicht guten Geistern benutzt wird, um Menschen irre zu leiten, liegt auf der Hand, und kann Keinem verborgen sein, der mit Swedenborg's Werken bekannt ist, weshalb auch Immanuel Tafel der Stimme, die nach seiner Abreise ihn betreffend an die Seherin erging, keinen unbedingten Glauben schenkte, sowie auch später nicht, als dieselbe im Herbste 1828 sich wiederholte und zu einer Donnerstimme wurde, wie die Seherin sie noch nie gehört hatte und daher selbst vor ihr sich entsetzte. Diese von der Seherin noch nie vernommene Stimme verkündigte das erste Mal den Zeitpunkt, bis zu welchem an Swedenborg's Werken nicht gearbeitet werden sollte, und mahnte, „der gottesfürchtige Mann solle sich geistig und leiblich bewahren"; und zum zweiten Male donnerte dieselbe Stimme — vor der eine die Seherin gewöhnlich umgebende Gestalt verschwand —: „Ja, diese Seele soll in demselben Monat anfangen."

Der aber, den sie betraf, fragte sich: „Konnte nicht ein unseliger Geist zu ihr gesprochen haben?" und weist in Bezug hierauf auf den § 321 des Werkes von der Vorsehung hin, wo Swedenborg sagt: „Diejenigen, welche „auf eine Einwirkung warten, . . . empfangen keine, aus„genommen sehr Wenige, welche sich von Herzen danach „sehnen; diese empfangen zuweilen eine Antwort durch „lebendiges Vernehmen im Denken, oder durch leises Re„den in ihnen, selten aber durch lautes, und diese sagt „ihnen, daß sie denken und handeln sollen, wie sie wollen „und können, und daß derjenige weise sei, welcher weise, „und thöricht, wer thöricht handelt; und niemals werden „sie belehrt in dem, was sie glauben, und was sie thun „sollen, und dies darum, damit die menschliche Vernunft „und Freiheit nicht untergehe, welche ist, daß Jeder mit

„Freiheit nach seiner Vernunft handle, mit allem Anschein „wie von sich. Diejenigen, welche durch eine Einwirkung „belehrt werden, was sie glauben oder was sie thun sol= „len, werden nicht vom Herrn belehrt, auch nicht durch „einen Engel des Himmels, sondern von einem . . . fa= „natischen Geist und werden verführt." Und fer= ner § 134: „Gleichwohl aber giebt es ein Reden mit den „Geistern, aber selten mit Engeln des Himmels, und ein „solches hatte Statt vor vielen Jahrhunderten; wenn es „aber Statt hat, so reden sie mit den Menschen in seiner „Muttersprache, jedoch nur wenige Worte: allein die= „jenigen, welche aus Zulassung des Herrn sprechen, reden „alle etwas, was die Freiheit der Vernunft auf= „hebt, noch lehren sie; denn der Herr allein „lehrt den Menschen, aber mittelbar durch das „Wort in der Erleuchtung."

Hier war nun weder eine Belehrung in Glaubens= sachen gegeben, noch etwas, was „die Freiheit der Ver= nunft" aufhöbe, vielmehr stimmte der Befehl der Stimme mit dem überein, was vernunftmäßig und freiwillig zur Fortsetzung der Herausgabe von Swedenborg's Werken erkannt worden, denn Immanuel Tafel war entschlossen, lieber sein Amt niederzulegen, als länger in Unthätigkeit zu verharren; die Stimme aber konnte die eines Engels und vom Herrn sein und deßhalb hielt Tafel, da der Zeit= punkt an und für sich gleichgültig war, es am gerathen= sten, sich bei seinem Gesuch an den König an den Zeit= punkt zu halten, der ihm angegeben worden. Merkwürdig waren ihm auch die beiden bedeutungsvollen Tage des Verbotes der Arbeit und der Erlaubniß der Wieder= aufnahme derselben; jenes Decret des Verbotes war da= tirt vom 24. September, dem Gedächtnißtage der En=

3

pfängniß Johannis des Täufers, des Vorläufers des Herrn, dieses der Erlaubniß aber vom 25. März, dem Feiertage der Empfängniß des Herrn, dem Anbruch einer neuen Aera.

Auch von dem Freiherrn Ph. v. P. in Steiermark war die Anzeige gemacht worden, daß an dem 25. März etwas für die Neue Kirche Wichtiges geschehen werde, sowie dieser Tag überhaupt als ein für die N. K. wichtiger von ihm bezeichnet wurde.

Zahlen, wie Namen und Dinge, haben ihre Entsprechung, ihre von den Alten gekannte, von Swedenborg oft gelehrte und angewandte Symbolik, und da nichts von ungefähr geschieht, sondern Großes und Kleines, Allgemeines und Besonderes zu Einem vollendeten Ganzen sich fügt, haben sie in der Weltordnung ihre Bedeutung. Das erste Gesetz der Weltordnung aber ist Freiheit, das heiligste Recht des Menschen ist Freiheit, ein Recht, über welches die Liebe und die Weisheit der Gottheit wacht, weil nur in der Freiheit des Menschen die Möglichkeit seiner Wiedergeburt und Errettung liegt — und deshalb kann nichts existiren, was diese Freiheit aufhebt oder auch nur beeinträchtigt. Haben daher auch die Zahlen ihre innere Bedeutung und müssen auch sie sich in der Hand des Herrn zu Seinen Zwecken fügen, so folgt daraus keinesweges, daß in ihnen ein Zwang für den Menschen liegen könne, der sich nicht durch mystische Dinge, sondern durch seine Vernunft soll leiten lassen und nach seiner Einsicht handeln, und deshalb darf ihr tiefer liegender Sinn dem Aberglauben keinen Vorschub leisten, der in dem Wahn von Unglückszahlen und Unglückstagen seine Vernunft, ja seine Freiheit unter das selbst geschaffene Joch eines erdichteten, finsteren Einflusses beugt. —

In der Freudigkeit wiedergewonnener Thätigkeit ließ nun Immanuel Tafel in den Jahren 1830 und 31 den dritten und vierten Band der Enthüllten Offenbarung sammt deren Fortsetzung vom Jüngsten Gericht und von der geistigen Welt erscheinen und 1833 auch die Weisheit der Engel, betreffend die göttliche Liebe und Weisheit, so daß alsdann in sieben Bänden sämmtliche in dem Vorwort vom 17. December 1821 versprochenen acht Werke gegeben waren, welchen im Jahre 1836 noch als Fortsetzung die Weisheit der Engel, betreffend die göttliche Vorsehung, folgte.

Inzwischen war Immanuel Tafel mit mehreren Gliedern der N. K. in Verbindung getreten, als mit dem vorhin erwähnten Hof-Apotheker Frank, dem Dr. Strauß, Pfarrer zu Iserlohn, und dem Königl. Preuß. Landrath Müllensiefen zu Krenzelbanz in Westphalen. Die Veranlassung zur Bekanntschaft mit dem Letzteren wurde durch ein Schreiben desselben im Londoner „Report" herbeigeführt, in welchem der Wunsch ausgedrückt wurde, der Herr möge erleuchtete Gelehrte erwecken, um die noch fehlenden Übersetzungen Swedenborgscher Werke zu liefern.

Sehr freute es den für die N. K. begeisterten, seinen lebhaften Eifer bethätigenden Mann, in Immanuel Tafel ein so gut ausgerüstetes, so reges Werkzeug zu finden, das bereits beschäftigt war, die Erfüllung seines geäußerten Wunsches und damit die Befriedigung eines allgemein gefühlten Bedürfnisses herbeizuführen. Gleiche Interessen, Wünsche und Anschauungen befreundeten die an Jahren so weit getrennten Männer, die bald das auf die Wahrheiten der N. K. gegründete Freundschaftsbündniß in ein persönlicheres Verhältniß, in einen Familienbund, übergehen sahen; indem die Tochter des Landraths Müllensiefen, Wilhelmine, am 25. August 1832 die Gattin Tafels wurde. Acht Kinder, 3 Söhne und 5 Töchter, welche von den Eltern mit zärtlicher Liebe umfaßt wurden, entsproßen ihrer Ehe. Die Sorge für das Seelenheil aller Glieder seiner Familie und jedes einzelnen insbesondere trug auch der Vater stets im Herzen und ließ nicht ab den Herrn anzuflehen, sie alle herbeizuziehen und ihnen keine Ruhe zu laßen, ehe sie Sein geworden. Weil das Gute nur im Wahren erstarken kann, war er — soweit wie es geschehen konnte — um so mehr bemüht, selber durch Unterricht diese Wahrheiten seinen Kindern einzupflanzen, als die in Deutschland erst im Werden begriffene N. K. noch keiner Lehranstalten sich zu erfreuen hat. Daß diese Wahrheiten nicht in öffentlichen Bildungsanstalten gelehrt und gesunde philosophische und theologische Begriffe, wie sie enthalten sind in den Werken Swedenborg's „Engelweisheit, betreffend die göttliche Liebe und Weisheit", „Engelweisheit, betreffend die göttliche Vorsehung" und „Wahre christliche Religion", den Söhnen beigebracht werden konnten, schmerzte ihn sowohl in Beziehung auf seine eigenen Söhne, als auch im Allgemeinen; worüber er sich namentlich in einem Antwortschreiben an die Generalversammlung der N. K. in Großbritannien vom 7. August 1851 äußert, welches eingerückt ist in die Wochenschrift für 1851. Es blieb aber auch hier nicht bei einem unthätigen Bedauern, sondern es wurde eine Protestation gegen das Papstthum der Consistorialkirche erlaßen, in welcher „die „Fundamentalartikel der wirklichen protestantischen Kirche, „welche auch die der neuen sind, deutlich nachgewiesen sind, „und das Recht jedes Christen vollständig in Anspruch ge- „nommen ist, die Kirche in sich einzig nach dem Worte „Gottes aufzubauen und einer damit übereinstimmenden

„Lehre anzuhängen." Diese Protestation, welche so abgefaßt wurde, daß j e d e r Protestant sie unterzeichnen konnte, enthielt die drei wesentlichen Lehren der N. K.: 1. das Göttlich-Menschliche des Herrn, 2. die Möglichkeit und Nothwendigkeit, Seine Gebote zu halten, und 3. die Heiligkeit Seines Wortes, wobei zugleich die jedem Protestanten als solchem gemeinsame Grundlage der protestantischen Kirche näher bezeichnet wurde, nämlich 1. die heilige Schrift als die einzige Quelle und Vorschrift in Sachen des Glaubens, 2. keinen Papst oder Stellvertreter Christi, 3. keine Rechtfertigung durch canonische Büßungen oder äußere durch die Priester vorgeschriebene Werke. — Durch diese Protestation, welche die Grundsätze der zu Speier 1529 gegebenen Protestation festhielt, und die Verpflichtung auf die Bekenntnißschriften nur in so fern gestatten wollte, als darin die heilige Schrift als einzige Quelle, Vorschrift und Richterin in Glaubenssachen angenommen werde, sollte einiger Einfluß auf die Alte Kirche bezweckt und die N. K. vor einer, den Umständen nach, verfrühten Trennung bewahrt werden. Daß eine solche Protestation durch die Verhältnisse geboten und hervorgerufen worden, mußten schon Viele erfahren und unter ihnen Immanuel Tafel selber in persönlicher Weise bei Veranlassung der Confirmation und der Studien seines ältesten Sohnes. Er hatte gewünscht, derselbe möge Theologie studiren, indem er hoffte, der Herr werde ihn auf dem Seminar „vor Irrglauben und Unglauben und andern Irrwegen in Gnaden bewahren." Man versagte aber die Aufnahme, obwohl der Betreffende eine der ersten Nummern hatte und und von dem Königl. Geh. Rathe das Zeugniß erhielt, daß er seiner Kenntnisse und sonstigen Eigenschaften wegen hätte aufgenommen werden können. Es wurde gegen ihn geltend gemacht, daß er nicht confirmirt sei und sein Vater eine unbedingte Confirmation nicht zugeben wollte. Nach den vorgeschriebenen Legenden soll aber eine unbedingte Confirmation nicht stattfinden, sondern die Confirmanden sollen nach ihnen nur verpflichtet werden auf „die evangelische Lehre, so wie sie gegründet ist in der heiligen Schrift"; auch ist die Confirmation kein Sacrament und in der württembergischen Confession von 1552 geradezu verworfen worden. Immanuel Tafel ließ später seinen Sohn bei einem auswärtigen Geistlichen confirmiren, welcher mit seinen hierauf bezüglichen Ansichten übereinstimmte, sowie auch die jüngern Kinder nur mit der Bedingung confirmirt wurden, daß sie nichts hersagen durften, was sie nicht verstanden und nicht glaubten.

So wie in heutigen Tagen überall Stimmen laut werden und Vereine sich gründen, welche von den Bekenntnißschriften nur den obersten Grundsatz derselben annehmen, daß die heilige Schrift A. und N. Testamentes allein als Quelle, Vorschrift und Richterin in Glaubenssachen gelten dürfe; so bekannten sich auch schon damals angesehene und orthodoxe Geistliche zu dieser Anschauung, sowie auch das in dem Seminar zu Tübingen dem Unterrichte zu Grunde gelegte Staar'sche Lehrbuch fast in allen Punkten von den Bekenntnißschriften abwich. Kann nun aber in der That die protestantische Kirche nur in die Gesammtheit derer gesetzt werden, welche die Grundsätze der Protestation zu Speier festhalten, so mögen die Lehranstalten derselben, trotz der in ihnen verbreiteten Irrthümer, doch von denen benutzt werden, die diese als solche erkennen und daher nicht annehmen; so wie andererseits keiner dieser Lehranstalten das Recht zustehen kann, Kindern protestantischer Eltern die Aufnahme zu verweigern, bloß weil diese an dem Hauptartikel der Allen gemeinsamen Protestation festhalten. Auch war im Geheimen Rath, vor welchem er bei dieser Gelegenheit ein Zeugniß ablegte, nur die Majorität von Einer Stimme gegen ihn.

Die politischen Verhältnisse verfolgte er mit Interesse, weil sie die Grundlage der Völker für höhere geistige Wahrheit und Freiheit bilden helfen. Bei aller loyalen Gesinnung und nie verletzten Unterthanentreue sah er eine politische, aber gesetzliche Freiheit des Volkes für die erste Bedingung geistiger und kirchlicher Freiheit an und begrüßte sie mit Freuden, wo sie sich zeigte. In einem Briefe vom 13. Mai 1863 äußert er sich darüber wie folgt: „Hier haben Sie ein Stück meiner politischen An-
„sicht, die vor Allem darauf geht, daß, wo man dafür
„empfänglich geworden ist, der Rechtsstaat sich bilde, somit
„die persönliche Freiheit, Gleichheit und Sicherheit nicht
„weiter von Staatswegen beschränkt werde, als es die
„Gleichheit, Freiheit und Sicherheit Aller nothwendig macht.
„... Es reift Alles seiner Entwicklung entgegen, sei es
„zum Guten oder zum Bösen! Die N. K. kann nur auf
„dem Boden der Religionsfreiheit recht gedeihen, und
„wenn allenthalben der Rechtsstaat wäre, so wäre der
„Krieg abgeschnitten durch Schiedsgerichte. Aber die beste
„Verfassung nützt nichts, wenn wir die Menschen nicht
„dazu haben, und diese bekommen wir nur durch die
„wahre Religion. Darauf also muß unser Augenmerk vor
„Allem gehen, indem wir Jeder mit uns selbst anfangen:
„werden wir erst besser, so wird Alles besser! Jeder hat,
„wenn auch unbewußt, Einfluß auf das Ganze, schon weil
„von Jedem eine Sphäre ausströmt, die sich mittheilt."

Die große Völkerbewegung, welche im Jahre 1848 in Europa stattfand, hatte in ihm die Hoffnung einer

Neugestaltung kirchlicher Verhältnisse erweckt, und mit gewohnter Regsamkeit suchte er auch sofort deren Verwirklichung anzubahnen, indem er auf Grund des hergestellten Vereinsrechts und der von der deutschen Nationalversammlung und den Regierungen verheißenen Religionsfreiheit Deutsche und Schweizer zu einer Generalversammlung der neuen christlichen Kirche nach Canstatt den 1. October desselben Jahres 1848 einlud, um zu gemeinsamen Beschlüssen für die Zwecke der Kirche sich vereinigen zu können. Von dieser, welche aus ungefähr hundert Männern aus Württemberg und Baiern bestand, zu denen ein Engländer trat, und wobei einige Abwesende durch Zuschriften sich betheiligt, wurde Immanuel Tafel zum Vorstand erwählt, und beschlossen, daß jedes Mitglied sich verbindlich machen solle, jährlich einen bestimmten, wenn auch noch so geringen Beitrag zu geben, und daß diese Beiträge zunächst zur Fortsetzung der Übersetzung der "himmlischen Geheimnisse" und des Werkes über die "eheliche Liebe", sowie zur Herausgabe der von Tafel verfaßten "Hauptwahrheiten der Religion oder Stunden der Andacht und des Nachdenkens über die Religionswahrheiten" verwendet werden sollten. Auch wurde der Vorstand aufgefordert, die Lehren der N. K. auf den Grund der heiligen Schrift nach ihrem Wort und Geist zusammenzustellen und dem Druck zu übergeben. Angenommen wurde auch der Antrag desselben, daß Jedem überlassen werden solle, für seine Beiträge nach eigener Auswahl ein Aequivalent von den auf dem Umschlag der Himmelsgeheimnisse (II, 1—8) schon bemerkten und noch weiter hinzukommenden Werken sich geben zu lassen. Vor dem Schlusse der Versammlung wurden noch 4 Punkte festgestellt, zu denen jedes Mitglied sich verbindlich machen solle, als:

1) „sie glauben, daß Jesus Christus der geoffenbarte „alleinige Gott des Himmels und der Erde und in „Ihm eine Dreieinigkeit sei;
2) „daß wir, um selig zu werden, nothwendig Seine „Gebote halten müssen, und sie mit Seinem Bei= „stand auch halten können;
3) „daß die heilige Schrift Gottes Wort und einzige „Erkenntnißquelle der christlichen Religion sei;
4) „sie fühlen sich verpflichtet, die Grundsätze und die „Schriften der von ihnen als wahr erkannten Reli= „gionslehre nach Kräften zu verbreiten."

Die nächste Generalversammlung wurde zum 2. Oct. 1849 zu Canstatt bestimmt, sowie man auch drei vierteljährliche Versammlungen anordnete. Schon bei der ersten vierteljährlichen Versammlung hatte die Zahl der Glieder sich um mehr als das Doppelte vermehrt, vor welchen der Vorstand in klarer Darstellung eine einbringliche Rede hielt „von der Kirche", indem er zeigte, was die Kirche sei, woher sie komme, wie sie entstehe, welches die Bedingungen ihrer gesunden Entwicklung und ewigen Dauer seien. — Am Schlusse wurden noch zwei Beitrittserklärungen von je 23 Personen verlesen, nämlich von 23 Männern in und um Görlitz in der Ober-Lausitz in Preußen und 23 Männern und Frauen aus der Schweiz. — Bei der nächsten Versammlung am 5. April 1849 wurde wieder hinzugetretener Mitglieder aus mehreren Theilen Deutschlands, besonders aber eines Schreibens aus Vegesack, Bremerhaven gedacht, in welchem der Vorschlag gemacht wurde, sobald die Mittel es erlaubten, tüchtige Männer zur Verbreitung der Lehre der N. Kirche auszusenden und zu dem und ähnlichen Zwecken einen besondern Fonds anzulegen. Auch in der zweiten Generalverſammlung zu Canſtatt am 30. September 1849 wurde eine Beitrittserklärung aus Suhl in Preußen von 6 und 7 Mitgliedern vorgeleſen, ſowie herzliche Zuſchriften von Seiten der N. K. in England und Amerika. Die Verhandlungen der erſten Generalverſammlung von 1848 waren ſchon wörtlich in dem Londoner Monatsblatt, dem „Intellectual Repository", und in dem von Boſton in den Vereinigten Staaten, „The Jerusalem Magazine", überſetzt und abgedruckt worden und hatten in beiden Ländern freudige Erregung verurſacht. So ſchlang ſich ſchon ein gemeinſames Band um die fernen Glieder der N. K. und die in Deutſchland zerſtreuten und vereinzelten konnten nun im warmen Austauſch der Liebe Theil nehmen an den Segnungen ihrer durch geordnete Verhältniſſe begünſtigteren Brüder jenſeits der Meere. Aber der Mann, dem ſie dieſe Verbindung, wie überhaupt ihre Vereinigung, zu danken hatten, war auch darauf bedacht, ſie im Vaterlande ſelber noch feſter und inniger miteinander zu verknüpfen und ſchlug deßhalb in der am 1. April zu Stuttgart gehaltenen, beſonders zahlreich beſuchten Verſammlung vor, ein Organ ihrer gemeinſchaftlichen Intereſſen zu gründen, welches zum Aufbau der N. K. dienen möchte. Dieſes ſollte in der Form einer Wochenſchrift gegeben werden, welche Predigten zur häuslichen Erbauung, Nachrichten und andere Gaben mittheilen ſollte. Es wurde beſchloſſen, ein ſolches ins Leben treten zu laſſen, und der Beſchluß ſofort ausgeführt. Auch gaben viele anweſende neue Mitglieder ihre Namen als ſolche an und wurden Zuſchriften aus neukirchlichen Geſellſchaften aus Wien und Berlin vorgeleſen, welche ſich mit dem württembergiſchen Verein zu verbinden wünſchten, zu denen noch ein Schreiben aus Wismar kam, wo etwa 12 neukirchliche Seelen sich zusammengefunden und welches Veranlassung zu einer umständlichen Darlegung der Kirchenordnung der N. K. gab, welche in gewohnter Klarheit von dem Vorstande verfaßt und in die Wochenschrift eingerückt wurde. Auch die übrigen Reden des Vorstandes, Immanuel Tafels, welche in den jährlichen und vierteljährlichen Versammlungen gehalten wurden, sind in der Wochenschrift Bd. I und II aufbehalten. Dieselben behandeln in geordneter Reihenfolge alle Hauptpunkte der religiösen Wahrheiten und geben im Zusammenhange eine vollständige philosophisch und biblisch begründete, für Jedermann leicht faßliche Darlegung des ganzen neukirchlichen Lehrgebäudes. Die Generalversammlung zu Stuttgart am 29. September 1850 wurde noch besonders ausgezeichnet durch die Anwesenheit des Dr. Jonathan Bayley, Predigers der N. K. zu Accrington in London, der größten von den schon damals bestehenden 63 Gemeinden Englands.

Im Jahre 1851 erging in Veranlassung der großen Weltausstellung von London aus eine Einladung an alle Mitglieder der N. K. in der ganzen Welt zu einer allgemeinen Versammlung in London, welche noch besonders in einem Sendschreiben der Generalversammlung der N. K. in Großbritannien an die Brüder der N. K. in Deutschland und der Schweiz ausgedrückt und von dem Vorstande, Immanuel Tafel, in der Versammlung vom 21. April 1851 nebst den übrigen eingegangenen Zuschriften aus Amerika und Deutschland vorgelesen wurde. In der Versammlung am 29. Juni 1851 wurde allgemein bedauert, daß fast Keiner in der Lage sei, dem auf den 19. August selben Jahres festgesetzten Kirchentage der N. K. zu London beiwohnen zu können, und der Vorstand, welcher am 3. August dahin abreisen wollte, wurde ersucht, den Versammelten die herzlichsten Grüße und Segenswünsche ihrer deutschen Brüder zu überbringen. — Dieser Besuch in dem glücklichen England, wo schon die Wahrheiten der reinen christlichen Lehre Wurzel geschlagen und sich verbreitet haben, dieses freudige Begegnen und herzliche Zusammensein mit zum Theil persönlich, zum Theil durch schriftlichen Verkehr bekannten, im Geiste der Liebe innig verbundenen Brüdern im Herrn, war einer der Lichtblicke im Leben Tafels, an denen sein Herz sich sonnte und erquickte. — Die Versammlung der Geistlichen und anderer Mitglieder der N. K. in England und Schottland war, wie es sich erwarten ließ, auf das zahlreichste besucht, und viele Hunderte hatten wegen Mangels an Platz sich entfernen müssen. Die meisten Länder in Europa waren vertreten, auch aus Amerika waren viele Brüder gekommen und sogar aus Afrika und Asien war eine Stimme zugegen. Die Versammlung erklärte Immanuel Tafel zu ihrem Ehrenmitgliede; derselbe saß zur Rechten des Rev. J. H. Smithson aus Manchester und hielt, nachdem mehrere andere Vorträge und Reden gehalten worden, folgende herzliche Ansprache an die Versammlung: „Meine Damen und Herren! Erlauben Sie „mir, daß ich Ihnen zuerst die herzlichsten Grüße ihrer „Brüder in Deutschland und der Schweiz überbringe, und „Ihnen zugleich auch meinen aufrichtigen Dank sage für „den großmüthigen Beistand, den Sie mir die vergange„nen sieben und zwanzig Jahre hindurch geleistet haben „bei meinen Arbeiten und Bemühungen in Herausgabe, „Uebersetzung, Vertheidigung und Erklärung der Lehren des „Neuen Jerusalems. Sie können sich denken, daß es „mir, als ich zuerst in eine ihrer schönen Kirchen trat, „sehr schwer wurde, meine Gefühle zu unterdrücken und

„meine Thränen zurückzuhalten, besonders als ich Sie die
„Psalmen singen hörte; es war mir, wie wenn ich eine
„liebliche Stimme aus dem Himmel hörte, in welchem der
„Herr allein verehrt wird, wo Liebe, Glaube und gute
„Werke vereinigt sind, und die Liebe regiert und vor=
„herrscht, und von wo aus sie auch, wie wir hoffen,
„regieren und vorherrschen wird auf Erden, so daß Jeder
„den Andern als Bruder ansieht, sobald derselbe ein
„christliches Leben führt, und die Grundwahrheiten des
„Christenthums nicht läugnet; weshalb wir denn auch
„den Grundsatz verwerfen, daß außerhalb der Kirche kein
„Heil sei: wie schön und lieblich ist es doch, wenn Brü=
„der einträchtig bei einander wohnen!"

Nach diesen innigen Worten, die so ganz das tief
bewegte Gefühl des Redenden ausdrücken, hielt er über
den ihm zugewiesenen Satz: die Aufschließung des heiligen Wortes, einen Vortrag, der sich nebst allen andern
bei jener Versammlung gehaltenen Vorträgen in dem zweiten Bande der Wochenschriften abgedruckt findet.

Nach seiner Rückkehr erstattete Immanuel Tafel in
der Generalversammlung der N. K. für Deutschland und
die Schweiz, gehalten zu Stuttgart am 5 October 1851,
Bericht über seine Reise nach London und Paris, und
theilte den Wunsch mit, der in der Versammlung zu London laut geworden: die Bekenner der wahren Lehren in
Deutschland möchten sich zu Einrichtungen und Bildungsanstalten vereinigen, die jenen entsprechend wären, und
für tüchtige Geistliche Sorge tragen. Wo dieses aber
noch nicht möglich, gebiete die Pflicht, wenigstens den
Grundsätzen des Protestantismus treu zu bleiben.

Deutschland war noch nicht reif zu einer Gestaltung
neukirchlicher Einrichtungen. Es fehlte vor allem an

Freiheit unter dem Schutze der Gesetze, aber auch an Mitteln; um Gemeinden mit Kirchen und Schulen zu gründen, oder auch nur um Anstalten zu stiften zur Bildung und Entsendung von Theologen der N. Kirche. Die N. K. war noch in der Wüste unter Wenigen, aber dort wuchs sie und breitete sich aus, so daß sie unter dem Schutze und der gnädigen Leitung des Herrn unter Mehrere kam. Doch der Same des Wortes, den Immanuel Tafel aus Deutschlands Mitte beschäftigt war auszustreuen durch Herausgabe der lateinischen Originalien Swedenborg's und deren Übersetzung, wie auch durch seine eigenen Schriften, blieb nicht auf Deutschland beschränkt, sondern wurde auf den Flügeln des Windes über Klippen und Meere getragen, bis er in entlegenen Ländern hie und dort in den guten Boden vom Herrn bereiteter Herzen fiel. So liefen Zeugnisse aufgegangener Saat ein von Rußland und Schweden, von Belgien, der Schweiz und Italien; ja selbst von Australien wandte man sich an den immerfort aussäenden Mittelpunkt in Tübingen mit der Bitte um Missionaire, die zwar nicht an Menschen gegeben werden konnten, aber an Schriften gesandt wurden. So auch berichtete ein Missionair aus Batavia Erfreuliches, worüber Immanuel Tafel am 27. April 1857 schreibt: „Ich kann diese Gelegenheit nicht vorbei lassen, „ohne Ihnen meine Osterfreude mitzutheilen, sofern ich „nämlich an diesem Fest einen Brief des Missionairs J. „P. Grimm in Batavia, Insel Java d. d. 6. Februar, „erhielt, indem er sagt, daß er einige Werke Sweden„borg's, sowie unsere Verhandlungen vom April 1849 „zu lesen bekommen, und dadurch die Überzeugung ge„wonnen habe, daß diese Lehre von Gott ist; daher er „bitte, ihm eine Kiste voll deutscher Übersetzungen und

„andere Werke der Neuen Kirche zu senden, um sie ver=
„theilen zu können; es seien viele deutsche Kaufleute, Mi=
„litairs, auch Holländer, die Deutsch verstehen, in Bata=
„via; auch sei er gewiß, daß von seinen funfzig chinesi=
„schen und mahomedanischen Schulkindern zwanzig in der
„Wahrheit gegründet sind. Zwar habe er sich dadurch
„viele Feinde unter den Orthodoxen gemacht, und Viele
„seien zurückgetreten; aber der Herr habe dafür eine grö=
„ßere Anzahl Anderer erweckt; die wöchentlich seine Bibel=
„stunde besuchen. Er gedenke einige unserer Schriften
„ins Malayische zu übersetzen und habe mit unserm Kate=
„chismus schon den Anfang gemacht. Seine Wirksamkeit
„erstrecke sich auch auf die angrenzenden Inseln des dor=
„tigen indischen Archipels, und als naturalisirter und
„ansäßiger Holländer habe er vollkommene Religionsfrei=
„heit. Ich betrachtete es als einen Theil meiner Feier
„des Centenary (Säcularfestes), ihm auf der Stelle zu
„schreiben, und ihm eine Kiste voll Bücher" (welche dann
gleich am Ostermittwoch abging) „zu senden, auch ihm
„weitere anzubieten, die er dann alle unentgeltlich ver=
„theilen, oder auch von solchen, die es können, sich bezah=
„len lassen und den Erlös zu seinen Missionszwecken ver=
„wenden möge."

Lange schon stand Immanuel Tafel in Verbindung
mit den Häuptern und Brüdern neukirchlicher Gemeinden
und Gesellschaften in England und Frankreich, in Ame=
rika und Schweden, welche Länder auch der Früchte sei=
nes Fleißes theilhaftig wurden. Die lateinischen Origi=
nalien sind für Alle, und so weit die deutsche Zunge
bringt, brauxen auch seine deutschen Übersetzungen und
Werke. Dankend wurde dieses anerkannt, und liebend
seiner gedacht von Vielen, wie auch die deutsche Monats=

schrift aus Baltimore in Nord-Amerika es ausdrückt im 3. Jahrgang Seite 31: „Welch' ein mächtiges Werkzeug „ist dieser theure Mann in der Hand des Herrn, und zu „wie viel Dank sind wir Alle ihm verpflichtet! Was aber „diesen lieben Mann uns um so theurer macht, ist seine „herzliche Demuth und Bescheidenheit, mit welcher er alle „Ehre von sich abweist, und sie dem Herrn allein „giebt. Wohl beten wir und mit uns Tausende: „Herr, „segne und erhalte uns ihn noch lange!"' Könnte er in „das Herz manches Neukirchengliedes hier zu Lande sehen, „wie warm und dankbar es für ihn schlägt, es würde „gewiß ihn erfreuen und ermuthigen zu seinen schweren „Arbeiten für das Reich Gottes. Ja, von so vielen Em-„pfängern der himmlischen Lehren, als wir hier in Ame-„rika kennen lernten, ist keiner, der nicht mit dankbar lie-„bendem Herzen seiner gedenkt." Nicht nur durch Bücher, auch durch seine Briefe gewann er Manche und ging mit liebenswürdiger Bereitwilligkeit auf einen immer weiter sich ausdehnenden brieflichen Verkehr ein mit den entfernten Gliedern, die sich an ihn wandten, wobei er, immer den fremden Standpunkt würdigend, an das Vorhandene anknüpfte und darauf bedacht war, Irrthümer zu zerstreuen durch das Licht der Wahrheit und diese dem Einzelnen annehmbar und einleuchtend zu machen. Mit unermüdlicher Geduld und Sanftmuth besprach er ausführlich jeden von dem Andern angeregten Gegenstand und hielt die darauf verwandte Zeit, welche er zwar nicht seinen Druckarbeiten entziehen konnte, aber dafür seiner Ruhe entzog, nicht verloren, weil er auch sie dem Reiche Gottes in dem Zwecke der Verbreitung desselben widmete. Aber nicht nur Pflicht, auch Freude und wohlthuende Erquickung war es ihm — besonders wo er ein reiferes Verständniß fand — in solche Gemeinschaft zu treten, wie er es in einem Briefe vom 8. April 1854 ausspricht: „Auch mir „ist Gemeinschaft Bedürfniß, und es macht mir stets große „Freude, wenn diese erweitert und intensiver wird." Und 1855: „Es ist wirklich erquicklich, wie sich unser Kreis „erweitert und das Sonnenweib (die N. K.) in der Wüste „mit ihrem männlichen Sohne (der Lehre) immer mehr „gedeiht und von Wenigen mehr und mehr unter Viele „kommt." So auch schrieb er 1853 nach der Schweiz, als sich dort ein neuer Kreis frommer, gebildeter, reich begabter Seelen ihm erschlossen hatte: „Ich brauche Ih= „nen ja nicht erst zu sagen, daß ich an Allem, was Sie „betrifft, den herzlichsten Antheil nehme; denn dies liegt „ja in der Natur der Sache, und was Stäudlin in sei= „nem kurzen Artikel am Ende seiner Kirchengeschichte über „Swedenborg und die Kirche des Neuen Jerusalems sagt, „ist eine Wahrheit, daß man nämlich bei den Bekennern „desselben eine Innigkeit und Brüderlichkeit finde, die „man bei andern Parteien vergebens suche. Durch die „traurigen Erfahrungen, die wir an unwürdigen Lesern „unserer Schriften gemacht haben, wollen wir uns nichts „nehmen, vielmehr zu um so innigerem Anschließen be= „stimmen lassen!" Diese „traurigen Erfahrungen" bilden allerdings einen starken, schwarzen Schatten in dem Ge= mälde der Neuen Kirche, das wir entwerfen möchten, und werden wir später darauf zurückkommen müssen; doch wol= len wir zuvor etwas an einem sonnigen Plätzchen verwei= len, über dem Licht und Wärme reichlich ausgegossen war und das Tafel selber „eine köstliche Oase in der weiten, weiten Wüste" nannte.

Zu dieser hatte der Herr von Jugend an sich Seelen zubereitet. Im Glauben an die Göttlichkeit der Bibel, in deren Schriften Alten und Neuen Testamentes sie fleißig forschten, harrten sie in der Stille der Erfüllung der darin gegebenen Verheißung des Neuen Jerusalems, von dem geweissagt ist in den Propheten und der Offenbarung Johannis, da der Herr Selber kommen werde, die Seinen zu lehren. Wie dies zugehen, wie eine heilige Gottesstadt gegründet werden würde, war ihnen zwar unklar, aber die gewisse Verheißung war da und so auch der gewisse Glaube. Wiewohl unbefriedigt durch die Alte Kirche, schlossen sie sich doch an keinerlei Secten an, sondern auf Grund der Verheißung Psalm 134, 5, 6, ihres Wahlspruches, hielten sie sich vorkommenden Falls lieber an die Allgemeine Kirche, als an irgend welche Glaubensparteien; bis auch ihnen der Morgen anbrechen sollte. Und dieser Morgen tagte ihnen, sobald sie mit Swedenborg's Schriften bekannt wurden, denn darin war die Enthüllung der Offenbarung gegeben und die Verheißung verwirklicht; das Neue Jerusalem, die heilige Gottesstadt, war herabgekommen und der Herr erschienen in den Wolken des Himmels mit großer Kraft und Herrlichkeit; denn die Erscheinung des Herrn in den Wolken des Himmels ist Sein Kommen im Wort, umhüllt vom Buchstabensinn desselben, aber „mit großer Kraft und Herrlichkeit", wodurch die Erklärung des innern Sinnes Seines Wortes bezeichnet wird, denn diese hat Kraft zu erleuchten und zu bessern, und weil sie das Göttlich-Menschliche des Herrn und dessen Verklärung offenbart, zeigt sie Seine Herrlichkeit und hat daher die Kraft, mit unaussprechlicher Freude zu erfüllen. Obwohl seit vier Jahren in den Werken Swedenborg's heimisch, war es doch erst die Vorrede zu den acht Bänden der „Göttlichen Offenbarung" (unter diesem Titel erschienen nämlich die von Tafel übersetzten

Werke Swedenborg's) vom Herausgeber der Werke Swedenborg's, welche ihnen die letzten Anstände hob und namentlich über die beiden Punkte der Auferstehung des Fleisches und der Wiederkunft des Herrn Klarheit verlieh, wodurch sie veranlaßt wurden, im Jahre 1853 bei dem Buchhändler zu erfragen: ob der ausgezeichnete Schriftsteller Immanuel Tafel noch lebe, und auf die bejahende Antwort brieflich mit ihm in Verbindung zu treten. Freudig ging derselbe einen von nun an fleißig fortgeführten Briefwechsel ein und folgte auch seiner Sehnsucht, die lieben Freunde persönlich kennen zu lernen, indem er dieselben schon im folgenden Frühjahr 1854 und von da an jeden Herbst, mit Ausnahme eines einzigen, besuchte. Zu dem engern Familienkreise kamen auch andere Freunde und Genossen der Freude hinzu, und gesegnete Sabbathstage wurden in gemeinsamer Andacht und Anbetung des Herrn verlebt. In diesem Kreise fromm vereinter Christenseelen war es unserm Tafel unaussprechlich wohl, bei denen: „die ein Herz für das Gute und Wahre haben „und des Herrn Gebote halten"; denn auch ihm galt das Wort des Herrn: „Wer den Willen thut meines Vaters im Himmel, derselbe ist mein Bruder, Schwester und Mutter," Matth. 12, 50. Auch den jüngern Gliedern, die den schönen Kreis erweiterten und schmückten, neigte er sich freundlich zu, indem er sich auf ihren Standpunkt zu versetzen wußte, für ihre Freuden und Beschäftigungen sich interessirte, und sie mit väterlicher Liebe umfaßte. Die kindliche Frömmigkeit, die sich hier aussprach, rührte aufs tiefste sein Herz und weckte den Wunsch, durch das Band der Liebe und Geistesgemeinschaft auch seine Kinder mit den Kindern dieser Familie enger zu verbinden und diese Verbindung durch längeres Beisammensein im Familien-

treife zu befestigen. Deshalb freute er sich herzlich über
die Freundschaft, welche zwischen der beiderseitigen Jugend
entstand, und sah es gerne, wenn diese durch Besuche ge=
nährt wurde. Schon im Sommer 1854 fand ein Austausch
statt, indem eine seiner Töchter nach der Schweiz reiste
und dafür eine der jungen Schweizerinnen in den Schooß
seiner Familie eintrat. Er schreibt darüber am 16. Juli
1854: „Für Ihr liebes Schreiben vom 10. dies. Monats,
„das mir so wohl gethan hat, meinen innigen Dank, so
„wie für die mütterliche Sorgfalt, die Sie meiner.....
„widmen! Dank dem allgütigen Herrn, daß Alles so ge=
„kommen ist!...... Wie wohlthuend meinem Herzen die
„Nähe Ihres lieben Kindes und dessen Empfänglichkeit
„für alles Gute, Wahre und Erhabene ist, brauche ich
„Ihnen nicht erst zu sagen: Sie kennen ja Ihr Kind,
„das ich auch als das meinige ansehe und liebe.........
„Zum Lesen im Englischen habe ich hauptsächlich solche
„Stücke aus den Zeitschriften der Neuen Kirche ausge=
„wählt, welche so recht ins Leben eingreifen, und uns
„namentlich zeigen, wie wir auf die Kinder einwirken
„müssen, wenn die in sie gelegten himmlischen Keime nicht
„erstickt, vielmehr gepflegt werden sollen, was die liebe
„..... ganz schön und wahr findet. Heute lasen wir
„eine Predigt über die hohe Wichtigkeit des Haltens der
„Gebote, wovon ja auch die lebendige Erkenntniß ganz
„abhängt, und theilten uns dann unsere Gedanken dar=
„über, unsere Erfahrungen, Befürchtungen und Wünsche
„mit. Was die letzteren betrifft, so lag mir heute beim
„Erwachen ganz besonders der Wunsch und die Bitte
„nahe, daß der Herr doch meiner Frau und mir die nö=
„thige Weisheit geben möge, daß den Kindern gegenüber
„nichts versehen, und das Bestreben in ihnen geweckt

„wird, Seinen Willen in allen Stücken zu thun." Und am 31. December 1854: „Ich sympathisire mit Ihnen, „wenn Sie von der sichtbaren Kirche Segen erwarten: „ich hoffe diesen auch ganz besonders für meinen Imma= „nuel, der mir versprach, sich an die Gemeinden in Phi= „ladelphia anzuschließen..... Indessen ist es schon ein „Großes, wenn man in einem solchen Kreise Gleichgesinn= „ter leben kann, wie dies bei Ihnen der Fall ist, und „wenn die Kinder ihre Herzen dem Guten und Wahren „öffnen.... Der Herr ist jedoch überall, und weiß Je= „dem zur rechten Zeit das Gute nahe zu legen: wir wol= „len aber nicht nachlassen, Ihn für unsere Kinder und „Angehörigen zu bitten."

So auch am 8. April 1856: „Ich kann dem Herrn „nicht genug danken, daß auch mein Immanuel mit Er= „folg unter solchem Einflusse steht, nämlich in Cincinnati, „wo er in einer Materialisten-Handlung en gros ist, de= „ren männliche Angehörige alle zur Neuen Kirche sich hal= „ten. Er findet den dortigen Prediger G... ausgezeich= „net, wird alle Sonntage zu ihm eingeladen, u. s. w. Er „wünscht, daß sein jüngerer Bruder in dasselbe Haus „komme; er könne sich nichts Besseres wünschen, als zu „solchen Menschen zu kommen."

Die Fortschritte, welche eine seiner Töchter bei einem Besuche in England in der Erkenntniß der Wahrheiten machte, erfreute ihn gleichfalls herzlich, weshalb er den Freunden etwas darauf Bezügliches aus ihren Briefen mittheilte. Sie schreibt: „Mit vieler Befriedigung lese „ich Noble's Appeal, ein Buch, das mir die Lehren der „Neuen Kirche in ein so klares, überzeugendes Licht stellt, „so daß ich ganz andere Ansichten darüber bekomme.... „Herr N. spricht viel mit mir darüber, und sein eigener

„Lebenswandel trägt auch viel dazu bei, mir Liebe für
„die Sache zu geben. Denn er und Frau R. thun Beide
„in der Stille so viel Gutes nach allen Seiten, daß ich
„immer mehr sie bewundern kann, sowie auch alle die an=
„dern Neukirchlichen mir sehr viel Achtung einflößten, und
„ich höre täglich neue Beweise, wie die Neue Kirche in
„England immer mehr Mitglieder zählt, die theils auf
„ganz wunderbare Weise dazu kamen." Und in einem
späteren Briefe: „Es scheint mir oft, als ob es mir wie
„Schuppen von den Augen fiele.... Es beschäftigt mich
„so, und weckt mich zu einem nie gekannten, glücklichen
„Zustand."

Im Herbst 1853 wurde Immanuel Tafel sehr bewegt
durch den Abschied von seinem Bruder Leonhard, welcher
mit ihm Eines Sinnes, und ganz der Neuen Kirche er=
geben war. Derselbe siedelte mit seiner Familie nach
Amerika über, wohin ein ebenfalls für die Neue Kirche
begeisterter und sehr thätiger Sohn ihm vorangegangen
war. Beide wirken noch in gesegneter Weise als Pro=
fessoren in Nord=Amerika und ist namentlich der vieljäh=
rigen literarischen Verdienste des Erstern und seines Stre=
bens zur Verbesserung der Lehrmethode in öffentlichen
Blättern in anerkennender Weise gedacht worden, wie auch
erst kürzlich des vortrefflichen Charakters einer seiner Söhne,
der im gegenwärtigen Kriege als Gouverneur von St.
Louis (?) sich ausgezeichnet.

Dr. Kahl aus Lund in Schweden hatte im Sommer
1855 Immanuel Tafel brieflich mit Frau v. E. bekannt
gemacht, welche schon seit einer Reihe von Jahren die
Werke Swedenborg's in Andachtsbüchern, Kinderschriften
und belletristischen Arbeiten in Schweden verbreitet und
vertheidigt hatte, sowie sie bei manchen wohlthätigen An=

stalten mit warmem Intereſſe gewirkt hatte; und nun beabſichtigte, nach Paris zu reiſen, um der dortigen Verſammlung der Alliance évangélique beizuwohnen. Sie wünſchte, Immanuel Tafel möchte ſich auch bei dieſer Zuſammenkunft betheiligen, welche von verſchiedenen Parteien chriſtlicher Glaubensbekenntniſſe abgehalten werden ſollte zum Zwecke einer weitern Ausbreitung evangeliſcher Lehre. Allein verhindert, perſönlich zu erſcheinen, ſandte er eine Denkſchrift ein, in welcher er die Hinderniſſe der Erreichung des Zweckes der Vereinigung, als in der verfälſchten Lehre liegend, nachwies, und zeigte, daß eine Vereinigung von der Reinigung und Zurückführung der Lehre auf das Bibelwort, abhängig ſei. — Frau v. E. beſuchte ihn darauf in Tübingen und reiste mit ihm nach der Schweiz, wo er ſie bei den dortigen Freunden einführte. Auch aus Rußland kamen in dieſem Jahre und auch ſpäter noch Seelen herbei, die theils aus der Mitte des Katholicismus, theils aus dem Schooße des Unglaubens heraus, durch die von Tafel herausgegebenen lateiniſchen Originalien Swedenborg's geweckt wurden. So erhielt Immanuel Tafel im Mai 1856 ein Schreiben von der Baronin S. aus Rußland, in welchem ſie ihm ſagte: ſie ſei im Grunde ſchon ſeit 1848 mit ihm bekannt durch ſeine Schriften und ſeine mit ihrem Vater gewechſelten Briefe und ſei jetzt, nach dem Tode des letztern, geſonnen, auch einige Jahre ihr Vaterland zu verlaſſen und einen großen Theil ihrer Zeit in Tübingen zuzubringen, um dort tiefer in den Sinn der heiligen Schrift einzubringen und in den alten Sprachen, der lateiniſchen, griechiſchen und hebräiſchen, ſich zu vervollkommnen, da ſie ſich durch ſeine und Swedenborg's Schriften überzeugt habe, daß die lutheriſche Überſetzung der Bibel nicht in alle Tiefen der heiligen Schrift blicken lasse. — Dieser Plan wurde ausgeführt, die Baronin nahm bald Theil an des Professors Arbeiten und wurde ihm nicht nur eine liebe Freundin, sondern auch eine treue Hülfe. Einer solchen bedurfte er namentlich zum Collationiren, und wurde ihm diese meistens von dem einen oder anderen seiner Kinder zu Theil, die in dieser immer sich erneuernden Beschäftigung den Vater zu unterstützen pflegten. Aber auch beim Übersetzen konnte ihm einiger Beistand wohl von Nöthen sein, weshalb ihm die Mitwirkung der durch ihre Sprachkenntnisse dazu befähigten Baronin S. besonders willkommen war; wie er dies in einem Briefe äußert, indem er schreibt: „Nach diesem gedenke ich, so der „Herr will, das Werk vom Neuen Jerusalem und seiner „himmlischen Lehre" (von dem man noch keine vollständige Übersetzung hatte) „herauszugeben, und zwar hat sich „Fräulein v. S. entschlossen, es aus der lateinischen Ur„schrift zu übersetzen und hat schon ein ziemliches Stück „davon fertig. Sie giebt mir die Übersetzung nach Hause, „um sie durchzusehen und nach meinem Gutbefinden zu „ändern, worauf ich das Durchgesehene mit ihr collatio„nire, d. h. ihr vorlese, während sie im lateinischen Ori„ginal nachliest. Es ist mir dies eine große Erleichte„rung, zumal sie treu übersetzt und auch die große Mühe „nicht scheut, die vielen Zahlen der himmlischen Geheim„nisse, auf die sich berufen wird, nachzuschlagen, da im „Original manche Druckfehler sind." — Und: „Frl. v. S. „freut sich Ihres Andenkens und erwiedert Ihre Grüße „mit Herzlichkeit. Sie hilft mir treulich bei meinen Ar„beiten und verschmäht es sogar nicht, lateinische Cor„recturen mit mir zu lesen." Die Baronin S. war durch den Professor mit den Schweizer Geistesverwandten, be-

kannt geworden, und machte dort später ebenfalls einen
längern Aufenthalt. Auch andere Freunde von nah und
fern wurden von dem treuen Verbündeten dem lieblichen
Plätzchen zugewiesen, wo die Lebensquelle der Wahrheit
frisch und klar sprudelte, und Manche begleiteten ihn auf
seinen Herbstreisen dahin. Gäste kamen von Nord und
Süd, von Ost und West und waren immer der herzlichsten Aufnahme als Mitgenossen der Freude und Mitglieder des himmlischen Reiches gewiß. Ja, wenn Brüder
und Schwestern kamen aus England, Frankreich und Amerika, oder aus Deutschland, Rußland und Schweden, be-
lebte Alle das Gefühl, wie durch die erweiterte und in-
nigere Gemeinschaft ein neuer Segen gegeben werde. Und
groß war die Freude über jede neu gewonnene Seele,
deren noch manche, gerufen durch die Bücher-Missionaire,
hinzukamen. So im Jahre 1860 mit dem Professor ein
junger Mann, den die Werke Swedenborg's vom ungläu-
bigen Katholiken zum neukirchlichen Christen gemacht, und
die anmuthigen Gedichte in einer neukirchlichen Zeitschrift
von einer anonymen Schweizerin in die Schweiz dahin
zogen, wo er sie vermuthete und fand — fand, nicht nur
äußerlich, sondern in der höchsten Bedeutung des Wortes,
als die ihm ganz entsprechende, von der Vorsehung ihm
zugeführte Braut und Gattin.

Das bedeutungsvolle Jahr 1857, das Jahr des
100jährigen Jubelfestes der Neuen Kirche, das an allen
Orten gefeiert wurde, wo die Neue Kirche festen Boden
gefaßt hatte, oder auch nur in Versammlungen zusammen-
trat, hatte auch aus den Gauen Deutschlands und der
Schweiz manche Glieder nach England gerufen, wo in
mehrfachen feierlichen Versammlungen das Allen so wichtige Freuden- und Dankfest begangen wurde. Unvergeßlich

werden die Tage und Stunden dieser Feste Allen sein, die das Glück hatten ihnen beizuwohnen und Theil zu nehmen an dem Austausch der Gedanken und Empfindungen, welche hier in Einem Interesse die verschiedensten Nationen vereinigte. Die Arbeiter an dem Werke des Herrn, aus allen Nationen wurden freudig begrüßt und gefeiert; doch vorzüglich wurden die Deutschen in ihrem Vertreter geehrt, der mehr als Andere für Alle gewirkt. Hoch klopfte das Herz der deutschen Brüder und Schwestern und ein freudiges, feierliches Gefühl durchzog sie, als bei der Versammlung in Manchester ein nie enden wollender Jubel ihren Landsmann und Vorstand, Professor Tafel, bei seinem Eintritt in den Saal begrüßte. Ein immer erneueter Ausbruch der Freude und Begeisterung verhinderte fast den so stürmisch Empfangenen, in der ihm eigenen bescheidenen Weise, die alle Ehre dem Herrn gab, die Versammelten anzureden. Es wurde ihm auch eine Dankschrift von Seiten der General-Conferenz überreicht, welche in den dritten Jahrgang der Monatsschrift aus Baltimore aufgenommen worden und so lautet:

Dankschrift
an
Herrn Professor Dr. J. F. I. Tafel,
überreicht
am ersten Tage der Zusammenkunft der General-Conferenz der Neuen Kirche zu Manchester, 1857.

An
Herrn Dr. J. F. I. Tafel, Professor der Philosophie, Bibliothekar der Königlichen Universität zu Tübingen u. s. w.

Herr Doctor!

Die Glieder der Gesellschaft der Neuen Kirche in

Manchester wünschen sich Glück, daß die Versammlungen der Conferenz und des hundertjährigen Jubelfestes, welche jetzt in ihrer Stadt abgehalten werden, ihnen die Gelegenheit bieten, Ihnen das Gefühl ihrer wärmsten Sympathie und Hochachtung zu bezeugen, welches sie längst für Sie hatten.

Während vieler Jahre hat man ihre mühevollen und unermüdlichen Bemühungen in diesem Lande mit dem tiefsten Interesse beobachtet. Gestellt, wie Sie es sind, durch die göttliche Vorsehung, in einem so einflußreichen Lande unter den europäischen Nationen, und eine Sprache redend, welche während des letzten Jahrhunderts der Träger der tiefsten Gedanken, der edelsten Dichtkunst und der gründlichsten Untersuchung in den Bereichen der Philologie, Geschichte und Philosophie gewesen, können Sie nicht anders, als überzeugt sein davon, daß die Hingebung, welche Sie in dem großen Werke der Verbreitung der Lehren des Neuen Jerusalems an den Tag legten, dazu bestimmt ist, Früchte in den kommenden Zeitaltern zu tragen. Verhältnißmäßig hülflos und isolirt, wie Sie es sind, könnte es Ihnen einigermaßen als Ermuthigung und Genugthuung dienen, zu wissen, daß in Manchester, wie an andern Orten Englands und der christlichen Welt, es Herzen giebt, welche gleichgestimmt und in Gebeten mit dem Ihrigen übereinstimmend schlagen. Und es dürfte erlaubt sein, Sie daran zu erinnern, daß mit den Entfernten im Raume auch die in der Zeit Entfernten hinblicken auf die unbekannte Zukunft, — daß in den noch nicht gebornen Zeitaltern Myriaden Augen auf Sie zurückblicken und Sie segnen werden als das vermittelnde Werkzeug, Saat auszusäen, welche in gutes Land gefallen, — als einen der Mittelpunkte eines auf die Menschheit von Zeitalter zu Zeitalter in stets sich vergrößernden Kreisen und fortwährend zunehmender Kraft sich ausbreitenden Einflusses.

Um unserer selbst und um der Wohlfahrt aller Leser der Schriften der Neuen Kirche willen bringen wir Ihnen unsern wärmsten Dank dar für die sorgfältige und gewissenhafte Herausgabe und Veröffentlichung derjenigen Werke Swedenborg's, für welche, um sie aus dem Dunkel hervorzubringen, Sie das Mittel gewesen sind. Wir kennen die Schwierigkeiten, unter welchen Sie gearbeitet, und daß Sie, mit geringen Mitteln und wenigen Helfern, viel Gutes zu Stande gebracht haben. Wir wissen, daß unser Beifall von keinem Werthe sein kann, außer als Beweis unserer Sympathie, und daß Sie zu Ihrem Werke angetrieben und darin unterstützt worden sind und von weit höheren und edleren Beweggründen, als dem Verlangen nach menschlicher Approbation; aber wir können nicht abstehen davon, uns selbst die Pflicht der Anerkenntniß unserer Einsicht in die Wichtigkeit des Werkes aufzulegen und zu zeigen, daß wir es nicht unter dem Werthe schätzen. Mögen Ihre fortgesetzten Bemühungen weislich dirigirt werden von der göttlichen Quelle der Weisheit; und mögen Sie sich der Fülle jenes Segens erfreuen, welche aus dem Segnen Anderer in diesem und dem zukünftigen Leben kommt.

John Henry Smithson, Prediger.
John Broadfield,) Diaconen.
John Holgate,)
Edward Brotherton, Secretair.

Zum Andenken an die in Manchester abgehaltene Feier wurde in Übereinstimmung mit den dort versammelten

Mitgliedern eine „Erklärung der Neuen Kirche" verfaßt und von Professor Tafel mit einer Erläuterung herausgegeben, welche auch in der im selbigen Jahre am 6. September in Stuttgart abgehaltenen Versammlung angenommen wurde. Der Schluß derselben lautet: „Sind „nun, wie gezeigt worden und Jeder mit eigenen Augen „sehen kann, in diesen Schriften, zu welchen nachher noch „viele andere kamen, nicht nur jene universellen Lehren „der Religion, jene einfachen Heischesätze des Gewissens, „wiederhergestellt, sondern auch die damit zusammenhän„genden Wahrheiten in überzeugender Weise nachgewiesen, „und zugleich die herrlichen Schätze des Wortes Gottes „aufgeschlossen worden, so enthalten sie auch für jede vor„urtheilsfreie und gewissenhafte Seele den Beweis, daß „wir hier keine Secte vor uns haben, sondern der Men„schensohn als das Licht der wahren Lehre mit Kraft und „Herrlichkeit um jene Zeit wiedergekommen ist und Selbst „Sich eine Neue Kirche gegründet hat, die Gemeinden „und Freunde dieser Kirche aber Ursache hatten, in die„sem Jahre ihr hundertjähriges Jubelfest zu feiern."

Auch in London wurde bei der Versammlung zur hundertjährigen Jubelfeier eine herzliche Ansprache an unsern Tafel gehalten und seiner auch an andern Orten bei gleicher Veranlassung liebend und dankend gedacht. In Cincinnati in Ohio wurde der Beschluß gefaßt: „ei„nen Fonds für den Gebrauch des Herrn Professor Dr. „Immanuel Tafel in Tübingen zu sammeln. Diese Gel„der sind dazu bestimmt, Herrn Dr. Tafel zu befähigen, „die ungedruckten Manuscripte Swedenborg's zu veröffent„lichen. Unter diesen Manuscripten ist wohl keins merk„würdiger, als ein Wörterbuch der Entsprechungen über

„sämmtliche Wörter in der heiligen Schrift." (Siehe: Monatsschrift. Baltimore, 2. Jahrgang, Seite 94.)

Das Comité der Jubelfeier in England hatte beim Professor Tafel die Anfrage gemacht, ob nicht er allein oder in Gesellschaft des Herrn Dr. Kahl in Lund noch vor der Zusammenkunft in Manchester eine Reise nach Stockholm machen wollte, um dort die Manuscripte zu untersuchen, sofern nämlich die Herausgabe der sämmtlichen noch ungedruckten Handschriften Swedenborg's und die dafür zu treffenden Maßregeln einen Haupttheil der Feier des Centenary bilden sollten. Diese Manuscripte konnten nun aber von Professor Tafel näher bezeichnet werden, welcher zeigte, daß von 63 Bänden 13 meist in Folio zu verlangen wären, außer der Bibel mit Swedenborg's Marginalnoten und den vielen nicht-theologischen Handschriften, welche dann Dr. Kahl mitzubringen die Güte hatte. Die Reise nach Stockholm blieb aber noch immer erwünscht und fand auch in Begleitung Dr. Kahl's im Jahre 1859 statt, worüber Professor Tafel in einem Briefe vom 3. Mai 1853 schreibt: „Es ist mir unvergeß„lich, daß der liebe Dr. Kahl mich in Ystad empfing, mit „mir nach Stockholm reiste, und während meiner acht„tägigen Arbeiten in der Bibliothek der Akademie mir „nicht von der Seite wich. Ich sollte mit ihm die schöne „Landreise von da nach Lund machen, allein die Jahres„zeit war schon sehr weit vorgerückt, und ich hatte Gele„genheit, mit einem Freund über Stettin nach Berlin zu„rückzureisen und mußte um so mehr auf jene Reise Ver„zicht leisten, als mein kurzer Urlaub zu Ende ging und „ich noch einen Abstecher in die Schweiz versprochen hatte. „Von den damals mitgenommenen Manuscripten Sweden„borg's sind seitdem mehrere erschienen. Zwar leidet jetzt

„mein Unternehmen sehr, besonders in Folge des Krieges „in Amerika; allein ich vertraue dem Herrn, Er wird „Seine Sache nicht im Stiche lassen."

Die Würdigung und sorgfältige Herausgabe dieser Manuscripte, deren Werth in Manchester geprüft werden sollte, ist keins der geringsten Verdienste Tafels, denn er hat dadurch den Gelehrten aller Zeiten das Quellenstudium der Werke Swedenborg's ermöglicht; er fand bei der großen Mühe, der er sich zu diesem Zwecke mit unvergleichlicher Gedulb unterzog, nicht immer sogleich die richtige Einsicht und Ermunterung, wo er sie erwartete, und hatte außerdem mit financiellen Schwierigkeiten zu kämpfen. Desto erfreulicher ist es zu sehen, wie ruhig er auch hier seines Weges ging, unbeschwert von Sorgen, denn er vertraute einfach kindlich dem Herrn, dem er diente. Zwar giebt es mancherlei Gottvertrauen und auch ein falsches, welches die eigene Arbeit und das eigene Streben mit der Fügung und der Ehre Gottes gleichsam identificirt, indem es das Gelingen jener, weil sie im Namen des Herrn gethan, mit der Ehre des Herrn verknüpft, so als ob der Ruhm des Welten-Schöpfers und Erlösers von dem Erfolge unsers Thuns abhinge und durch ein Mißlingen desselben gefährdet werden könnte. Solche vermessene Ansichten und verworrene Begriffe fanden sich nicht in der klar denkenden und kindlich demüthigen Seele Professor Tafels; sein Gottvertrauen war Gehorsam unter dem Willen der Göttlichen Weisheit und Liebe seines Herrn, ihr sich unterwerfend, ob sie Arbeit oder Nicht-Arbeit, Thun oder Ruhe gebot, wie er das in seiner 3½jährigen erzwungenen Unthätigkeit bereits bewiesen. Er wollte nichts sein als ein Werkzeug in der Hand seines Gottes, und deshalb wußte er in allen seinen Arbeiten und Mühen auch nichts von Verzweiflung und Plage, sondern konnte freudig rühmen, daß er trotz des Nichteinlaufens erwarteter Beiträge und der öfter eintretenden Nothwendigkeit, im Drucke des einen oder des andern Werkes inne zu halten, immer seine Zeit ganz ausgefüllt habe. So auch schrieb er in Veranlassung seines Geburtstages 1862: „Möge der allmächtige Herr, der mich bis„her so gnädig bewahrt und zu Seinem Werke gekräftigt „hat, auch ferner mit mir sein, und mich immer brauch„barer für Sein Reich machen, und das Wirken für das„selbe meine Speise sein lassen. Wirklich trägt ja die „Arbeit an Seinem Worte schon Seligkeit in sich, und „der Same des Wortes, den wir ausstreuen, kommt auch „uns zu Statten."

Daß dieser Same des Göttlichen schon seine Früchte trug, haben wir bereits gesehen, und finden neue Beispiele davon in dem Vaterlande Swedenborg's. Dort fand neuerdings von Seiten der Wissenschaft das Wirken Swedenborg's öffentliche Anerkennung, indem im Jahre 1859 Denkmünzen sowohl von der Königlichen Akademie, als auch von der Akademie der Wissenschaften ihm zu Ehren geprägt wurden. Auch fand dort am 24. Januar im selben Jahre in Stockholm eine Versammlung statt, in welcher der Secretair der schwedischen Akademie, Baron Beskow vor einer großen Menge Zuhörer eine Rede in der allgemeinen Versammlung, wo auch Königliche Personen waren, zu seinem Andenken hielt. — Professor Tafel schreibt darübe ram 9. December 1859: „Daß Baron Bes„kow mir sowohl seine am 24. Januar gehaltene Lobrede „auf Swedenborg, als die Denkmünzen sandte, hat mich „sehr gefreut, sowie auch, daß ihm meine Schriften von „einigem Nutzen gewesen sind. So wird der Herr mehr

„und mehr Bahn brechen, und die N. Kirche immer zuneh-
„men, während die alte abnimmt; es gehört auch nicht
„viel Scharfsinn und guter Wille dazu, um einzusehen,
„daß sie allein die Kennzeichen der wahren Kirche hat,
„und darum immer allgemeiner angenommen werden und
„in Ewigkeit bleiben muß. Das merken die Gegner
„wohl, darum war ihre unehrliche Waffe bisher nur
„Entstellung! Um so mehr wollen wir den Herrn um Sei-
„nen Beistand bitten, daß Er uns gebe zu leuchten durch
„unsere Werke."

Das Leuchten durch Werke war Noth und zwar um
so mehr, als die Feinde der Neuen Kirche nicht nur außerhalb ihrer waren, sondern leider auch in solchen enthüllt
wurden, die sich ihren Namen angemaßt hatten, ohne
ihren Geist zu besitzen, ja ohne den ersten ihrer Grundsätze zu erfüllen: die Gebote des Herrn zu halten. Die
Lehre der Neuen Kirche hebt vorzüglich hervor, daß nicht
der Glaube allein selig mache, sondern die Wiedergeburt
des Herzens und der aus ihr entspringende Wandel zur
Seligkeit befähige, nicht ein Wandel äußerer scheinender
Werke, sondern ein Wandeln vor Gott in dem Ablegen
und Fliehen alles Bösen, nach der Ermahnung des Apostels: „Es trete ab von der Ungerechtigkeit, wer den
Namen Christi nennt." Ihre beiden Grundsteine sind das
Wahre und das Gute, sie lehrt, daß das bloße Erkennen
der Wahrheit ohne Anwendung auf das Leben den Menschen nicht läutert, und deshalb für das Diesseits und
Jenseits ohne Nutzen ist, daß aber die Erkenntniß
der Wahrheit vorangehen und den Boden bilden müsse,
in dem das Gute sich gestalten könne, denn nur im Wahren
wird das Gute rein, deshalb Gutes und Wahres in dem
Menschen eine Ehe bilden müsse und eben diese Ehe sei

die Wiedergeburt. Um aber zum Guten zu kommen, ist ein Abstehen vom Bösen der erste und unumgänglich nothwendige Schritt, weshalb auch Professor Tafel den traurigen Erfahrungen gegenüber, die er machen mußte, immer wieder auf die beiden Hauptlehren: die Verehrung des Herrn und das Halten der Gebote, hinweist, zuvörderst aber auf das Nichtthun des in ihnen Verbotenen, worüber er am 3. Mai 1863 schreibt: "Wie Paulus Röm. 19, 20 "sagt; wonach auch die Heiden, wenn sie nachdachten, eine "Vernunftanschauung vom Dasein Gottes haben konnten, "und ebenso Sein Gesetz, nämlich das der zehn Gebote, "ihnen ins Herz geschrieben war (Röm. 2, 14, 15), wonach "er also Röm. 3, 28 und 29 nur das der jüdischen Kirche "gegebene Ceremonialgesetz meinen konnte, weil nur in "Rücksicht dieses Gesetzes den Juden die Heiden entgegen= "gesetzt werden konnten. Sehr schön erklärte er auch, daß "vor Christo nur der durch die Liebe thätige Glaube "gelte, und definirt Röm. 13, 8—10 die Liebe als das "Halten des Gesetzes, nämlich vor Allem der ersten Tafel "der zehn Gebote, in welchen es heißt: "Du sollst nicht!", "wobei Swedenborg ebenso schön zeigt, daß gerade in "soweit, als der Mensch diese seine Tafel hält, der Herr "die andere in ihm halten kann, in der es heißt: Du "sollst!", wie er denn auch Alles kurz zusammenfassend "sagt: "Fliehe das Böse als Sünde und glaube an den "Herrn, so wirst Du leben!" Diese Seine Gesetze sind "Naturgesetze, die sich von selbst ergeben, weil in der "Natur der Sache liegende Bedingungen der Seligkeit, "über deren Natur, wie Sie sehr richtig andeuten, noch "kindische Vorstellungen im Schwange gehen, weshalb "schon deshalb Swedenborg's Werk vom Himmel hoch= "wichtig ist, weil so das Verkehrte durch Erfahrung besei-

„tigt, und zugleich eine Anschauung des Rechten gegeben „wird." Je deutlicher und dringender diese Lehre der Neuen Kirche ist, um so unbegreiflicher — schmerzlicher war die Erfahrung, daß sie mit den Füßen getreten und auf das gröbste verletzt wurde von solchen, die sich nicht scheuten, mit dem Munde sich zu ihr zu bekennen, während sie doch statt des Wahren und Guten nur Böses und Falsches in sich aufgenommen hatten, nämlich das Falsche vorgeblicher **unmittelbarer** Offenbarungen (durch eine angebliche Seherin), deren nach der heiligen Schrift und nach Swedenborg keine mehr geschehen; und das Böse des Wandelns gegen die Gebote Gottes; und dabei trieben sie es so arg, daß sie sich das Einmischen der Polizei in Wien und gefängliche Haft daselbst zuzogen. So gerecht dieses Verfahren gegen die betreffenden Personen auch erscheinen mußte, welche mit der N. Kirche nichts gemein hatten als Kenntnisse, die nicht bei ihnen zur Wahrheit geworden, und den Namen, welchen sie sich unrichtigerweise anmaßten, so konnte es doch nicht umhin, andere Neukirchliche, welche ihren Namen mit Ehren trugen, schmerzlich zu berühren, weil bei den nicht von der Sache genau Unterrichteten auch die Unschuldigen ungerechter Weise dadurch verdächtig werden konnten. In Österreich aber gab es in verschiedenen Theilen des Landes echte und würdige Glieder der Neuen Kirche. Professor Tafel schreibt in Bezug auf jenen Unfug am 4. December 1853: „Ein solcher Wolf wollte in unserer „Versammlung vom 14. dies. Jahres die Heerde sprengen, „und hat auch wirklich, obwohl er entlarvt wurde, einige „verführt in den Irrthum, und begab sich dann in die „Schweiz. Allein im Ganzen ist ihm sein Vorhaben nicht „gelungen, und sein eigener Freund hat ihn als Schwär-

„mer, ja als ...... bezeichnet .... und Niemand
„mehr vor der Geisterwelt und vor jenem Vorgeben warnen
„kann, als Swedenborg, besonders in seinem Tagebuch.
„Auf der andern Seite kann Jedes von uns das Kom=
„men des Herrn im Worte mit Kraft und Herrlichkeit in
„sich selbst, in seinem Herzen erfahren, und in gewissen
„Stunden die damit verbundene himmlische Wonne
„empfinden.

....
„Es hat mich oft reuen wollen, daß ich einen der
„Aufgetretenen einst um das Jahr 1826 mit der Lehre
„bekannt gemacht hatte: allein, was konnte ich auf die
„Frage: was muß ich thun, um glauben zu können?
„anders sagen, als: Sie müssen die heilige Schrift lesen,
„wie wenn Sie dieselbe noch nie gelesen hätten, und als
„er dies gethan, ohne zum Glauben gekommen zu sein,
„auf seine wiederholte Frage: Sie müssen Swedenborg
„lesen. Die Bekehrung erfolgte nun allzu schnell und ohne
„vorbehaltlose Übergabe an den Herrn, wodurch der N.
„Kirche unendlich geschadet wurde. Bei seiner Richtung
„aufs Äußerliche wurde er ein Verführter und ein Ver=
„führer, und kam vor seinem Ende von Sinnen. Jener
„Wolf und seine Sippschaft stammen auch aus dieser
„Schule."

Und 1854: „Er hatte sich durch die angeblichen
„Offenbarungen jener Wiener Seherin und ihres Freundes
„und Herolds Dr. M. (die sich zusammen Mama und
„Papa von ihren Anhängern nennen ließen) irre führen
„und bestimmen lassen, ihre angeblichen Offenbarungen,
„sowie diejenigen Tenharbt's (im Namen der Neuen
„Kirche), herauszugeben. Vor einigen Tagen schrieb mir
„ein, der gesunden Lehre Treugebliebener in Wien, der

„Papa beschuldige jetzt die Mama — und jene befinde
„sich in Württemberg zu Merklingen, ebenfalls bei einem
„Verführten. Dahin folgte ihr Dr. K., weil aber ihre
„Papiere nicht in Ordnung waren, wurden sie ausgewiesen,
„ebenso in Rorschach und St Gallen. Dr. K. wanderte
„nun nach New=York aus und die Seherin war genöthigt,
„nach Wien zurückzukehren, wo sie jetzt wieder bei Dr. M.
„lebt. Diese Irrlehre scheint also mit einem Communis=
„mus der schlimmsten Art zusammenzuhängen und es ver=
„einigt sich auf ihrem Grunde das Geistig=Unreine mit dem
„Natürlich=Unreinen nach dem Gesetze der Entsprechung."

In einem Lande, wo noch keine freie Verkündigung des Wortes stattfindet, waren solche Verfälschungen und Verkehrungen der Lehre um so gefährlicher; nur die rechte und klare Erkenntniß der reinen Lehre konnte vor ihrem Gifte schützen, jedes Hinüberschweifen aber auf das Gebiet des Geisterverkehrs verderblich werden. Deßhalb warnte auch Tafel stets vor dem Sicheinlassen mit Gei= stern. Er schreibt am 13. Mai 1863: „Es wird Ihnen „bekannt sein, daß Swedenborg den Verkehr mit Geistern „nicht nur als seelengefährlich, sondern auch als leicht ins „Irrenhaus führend bezeichnet hat, was leider auch durch „neue Erfahrungen auf dem Gebiete des Spiritualismus „bestätigt worden ist. Für besonders gefährlich halte ich „die Mittheilung von Geistern über Religionslehren, und „besonders die sogenannten unmittelbaren Offenbarungen, „für die nur wir die sichern Kriterien haben, und die, „wie Swedenborg zeigt, gar nicht mehr möglich sind, „weil sie gegen die unwandelbaren Gesetze der göttlichen „Ordnung verstoßen. Einst wurde der Freund einer „angeblichen Seherin in Wien in unsere Versammlung in „Stuttgart eingeführt, und bat nach meinem Vortrag um

„das Wort, worauf er unter Anderm sagte: es gebe
„gegenwärtig nur Ein Mitglied der Neuen Kirche, eine
„Seherin in Wien, die vom Herrn täglich unmittelbar
„belehrt werde. Ich bemerkte darauf, Swedenborg habe
„auf den Grund von Daniel 9, 26 und Lucas 16 bewie-
„sen (in dem Werk von der Vorsehung § 134—36), daß
„der Herr nicht mehr unmittelbar lehre, sondern bloß
„mittelbar durch das Wort, auch nicht durch Geister und
„Engel; er selbst habe nun schon so lange Umgang gehabt
„mit Geistern und Engeln, aber kein Geist habe gewagt
„und kein Engel gewünscht, ihm Belehrungen zu geben
„über das Wort, oder über eine Lehre aus dem Worte,
„sondern es habe ihn der Herr selbst gelehrt, aber mittelbar
„durch das Wort in der Erleuchtung. — Die Resultate
„seiner Beobachtungen, die er im Jenseits gemacht,
„sind sonach nicht eine neue Erkenntnißquelle der Religion,
„sondern kommen nur, als eine bis ins Jenseits erweiterte
„Erfahrung, gleich den Vernunftgründen in erläuternder
„und bestätigender Weise hinzu, damit Wege gehen von
„Israel nach Aschur, und Ägypten und Israel in des
„Landes Mitte sei, wie verheißen ist, somit die drei Ge-
„biete (Offenbarung, Vernunft und Erfahrung) nur Ein
„harmonisches Ganzes ausmachen, und was wir als wahr
„festhalten sollen, Jeder mit seinen eigenen Augen sehen
„muß. Jenes Princip, daß die heilige Schrift, also die-
„jenigen Theile der Bibel, welche einen innern Sinn
„haben, alleinige Erkenntnißquelle der Religion sei, ist
„höchst wichtig, und erleichtert gar sehr die Anknüpfung
„bei den Protestanten, während es zugleich allen Fana-
„tismus der sich einander widerstehenden angeblichen
„Offenbarungen mit der Wurzel ausrottet. Jene Seherin
„und ihr Freund nahmen einen sehr traurigen Ausgang.

„Für viele Menschen ist jedoch der kritisch beleuchtete „Spiritualismus eine Brücke zum Glauben, deren wir „jedoch nicht bedürfen, zumal wir auf diesem Wege nichts „wesentlich Neues lernen können."

Daß dem Spiritualismus keine größern Rechte eingeräumt werden dürften, als die, eine Brücke zu bilden, darin waren die Neukirchlichen Englands und Frankreichs mit unserm Professor Tafel vollkommen einig und wurde dieser Grundsatz eifrig verfochten von dem berühmten Le Boys des Guays, Übersetzer der Werke Swedenborg's ins Französische. Einen harten Kampf aber hatte in England die Swedenborg Society zu bestehen, um dies Princip aufrecht zu erhalten, indem die Schriften des Geistersehers Harris Eingang gefunden hatten und von einem sonst geachteten Mitgliede verkauft wurden. Die Spiritualisten legten es darauf an, durch eine künstlich erworbene Pluralität die Gesellschaft zu sprengen, welches indeß verhindert wurde durch festes Zusammenhalten und durch Unterstützung auswärtiger, auch deutscher, Brüder und Schwestern. So gelang es der Swedenborg Society die Gefahr zu besiegen, alle spiritualistischen Bücher und fremdartigen, hineingebrachten Elemente auszuscheiden, wonach sie einen noch blühenderen Zustand erreichte, als zuvor.

In Folge jener oben erwähnten Verkehrungen der Wahrheit in Ungerechtigkeit, welche jeden redlich Denkenden schmerzen und mit Abscheu erfüllen mußten, machte sich bald die Ansicht geltend, daß die Erkenntniß des Wahren, oder die Lehre, das secundäre sei, dem das Gute in äußerer, wahrnehmbarer Bethätigung vorangehen müsse. Diese Ansicht, gestützt auf die Erfahrung, daß die Bekanntschaft mit der Lehre der Neuen Kirche die gedachten Personen nicht von einem Ärgerniß erregenden Wandel abgehalten hatte, wurde namentlich von G. W. vertreten, welcher durch seine Protestation gegen den Zwang der Bekenntnißschriften, sowie durch seine Anerkennung Swedenborg's, auf den Boden der Neuen Kirche sich gestellt hatte. Auf diesen Grundsatz des äußerlich erkennbaren Guten, oder, weil alles echte Gute in der Liebe wurzelt, der Liebethätigkeit, gründete er seine vielen, allgemein bekannten Anstalten zur Rettung verlorener Menschen und zur nützlichen Beschäftigung und Anwendung der ihnen zu Gebote stehenden Arbeitskräfte. Mit den verschiedensten, gemischtesten Elementen, oft mit der Hefe des Volkes kämpfend, ist die Aufgabe, welche er sich gestellt hat, durch ein Zusammenwirken Aller in Gewerb- und Fabrikthätigkeit einen industriellen und sittlichen Nutzen zu bezwecken, eine ebenso schwierige, als anerkennenswerthe. Die Liebethätigkeit ist die nothwendige Frucht eines von der Liebe zu dem Herrn und zu dem Nächsten erfüllten und für die Segnungen des Höchsten dankbaren Herzens und hat sich im schönen Gegensatz zu dem crassen, unthätigen und richtenden Glauben in unserm Jahrhundert allenthalben innerhalb der christlichen Kirche geltend gemacht, zum herrlichen Zeugniß für die Wahrheit des Wortes: „Siehe, ich mache Alles neu!", welches Allen gilt, in welcher Confession sie auch leben mögen, sobald sie dem Einfluß des Herrn durch Seine „neuen Himmel", unter denen auch sie stehen, sich nicht entziehen wollen. In der That, die christliche Welt und insonderheit die protestantische Kirche, hat ein anderes Ansehen gewonnen, wie es auch in einer Rede des Rev. Herrn Dr. Bayley, Prediger zu Accrington in der 1857 zu London gehaltenen Versammlung ausgesprochen wurde. Er zeigte auf den Verfall aller sittlichen und kirchlichen Zustände vor dem Jahre 1757 hin, und sagt: „Zur Zeit, da das alte System zu seinem Ende gelangt war, im Jahre 1757, lag Alles, was tugendhaft „und edel war in der Gesellschaft, beinahe todt und „begraben darnieder. Es glich dem Lazarus, als er ins „Grab gelegt war, und von dem man annahm, er sei „ganz und gar leblos, begraben und abgethan, und es „bliebe nichts zu thun übrig, als ihn zu vergessen. So „verhielt es sich mit Allem, was gut und wahr und heilig „war in der Menschheit. . . . . . . Die Menschheit war „scheinbar todt, aber der Herr konnte Leben sehen, wo „Andere es nicht konnten. Hinsehend auf den geringen, „niedergetretenen Sinn für Tugend und Wahrheit, sprach „er das Herrliche: Es werde! aus, daß wir nun jeden „Tag mehr und mehr in Erfüllung gehen sehen — das „Wort: „Lazarus, komm heraus!" Die Menschheit erhob „sich wieder." Und Herr Le Boys des Guays setzte den Gedanken fort, indem er die Zeit vor der ersten Ankunft des Herrn mit der Seiner zweiten Ankunft in der Enthüllung des geistigen Sinnes der heiligen Schrift verglich; ihre auffallende Ähnlichkeit zeigend und daran eine Betrachtung über die neue Aera knüpfend, sagt er: „Studi„ren wir die Geschichte der Welt vom Jahre 1757 an, so „ist unmöglich nicht zu sehen, daß von dieser Zeit an „Alles hinstrebte zur Erfüllung der Worte des Herrn: „„Siehe, ich mache Alles neu!""

Zwar hat auch die Hölle nach wie vor ihr Reich auf Erden und bricht hier und dort tobend hervor in Schande und Gräuelthaten der Menschen; zwar wird der Mißbrauch der Freiheit sich in der Knechtschaft unter der Sünde stets zeigen, wo der Mensch oder die Menschheit sich abwendet von dem göttlichen Lichte, das in die Finsterniß hineinstrahlt; allein dieses Licht göttlicher Wahrheit und Liebe verbreitet sich mehr und mehr unter den Guten und Viele kommen hinzu, sich um dasselbe zu scharen. Es hat auch Einfluß gewonnen auf die Anschauung der Menschen im allgemeinen, in Betreff gleicher Rechte Aller und demzufolge eines wahrhaft brüderlichen Verbandes. Gebieterisch und willkürlich herrschend stand vorhin der Vornehme und Reiche dem Dienenden und Armen gegenüber; das Volk war eine Maschine, die zwar ihren Nutzen leistete, und daher in Gang erhalten werden mußte, die aber gar keine Ansprüche an den Herrn hatte, dem sie diente, und in keinem anderen Verbande, als dem des harten, ungemilderten Dienstverhältnisses zu ihm stand. Der flüchtigste Blick auf die Zeitereignisse und deren Folgen genügt, um zu zeigen, wie dies Alles äußerlich und innerlich so ganz anders geworden. Wir sprechen nicht von Rechten, die gewaltthätig und trotzig errungen und im gewaltigen Umsturze mit Gewaltthaten befleckt worden, sondern von dem Geiste der Milde und Versöhnung, der Brüderlichkeit und des Erbarmens, der sich Bahn gebrochen und in manchen Anstalten der Wohlthätigkeits-, der Rettungs-, der Versorgungs- und Pflegehäuser kund gegeben hat, zu deren Gründung und Erhaltung nicht nur reichliche Gaben einfließen, sondern auch aus allen Ständen von Liebe erfüllte Menschen freudig ihre persönlichen Kräfte weihen. Die begüterte und gesunde Menschheit ist in der That an der armen und leidenden zum Samariter geworden und wird den Lohn ihrer Werke empfangen. Bei diesen Werken äußerer Liebethätigkeit mögen sich nicht nur Christen aller Confessionen, sondern im allgemeinen auch Gläubige und Ungläubige, Juden und Heiden betheiligen, denn sie alle können ein Herz für Nothleidende haben. Aber die äußere, vor dem Menschen und dem Anscheine nach, völlig gleiche That ist innerlich, ja nach dem Denken und der Gesinnung des Handelnden, eine ganz verschiedene, und nach dieser Verschiedenheit, die nur dem Herzenskündiger offenbar ist, richtet der Herr. Wem viel gegeben ist, von dem wird viel gefordert werden; die Aufgabe des gläubigen Christen, des Jüngers des Herrn, der Ihn erkennt und liebt, ist eine andere, als diejenige dessen, der aus natürlichem Mitleid handelt — sie wird nicht erfüllt durch bloß äußeres Wohlthun; wie denn überhaupt durch Wohlthätigkeitsvereine und Werke zwar viel Nützliches und Segensreiches bewirkt wird, doch darin nicht das Heil der Menschheit ruht. Nicht nur die äußerlich leidende und darbende Menschheit, sondern auch und mehr noch die geistig-kranke und darbende Menschheit ist der Nächste, an dem wir das Samaritanerwerk der Barmherzigkeit auszuüben haben. Die Geistig-Hungernden und Dürstenden sollen wir speisen mit dem Brode des Lebens und tränken mit dem lebendigen Wasser; wie der Herr am Brunnen der Samaritanerin Wasser (d. h. Wahrheit) anbot, danach sie nicht dürsten würde; ihr sollen wir Wein reichen, wie der Samaritaner dem Kranken, d. h. himmlische Wahrheit, und in ihre Wunden sollen wir Öl gießen, d. h. sie heilen mit Gutem. Nun aber fällt ein geistiges Darben nicht immer zusammen mit leiblichem Darben, weshalb denn der Geistig-Arme, dem geholfen werden soll, nicht immer der leiblich Arme, sondern eben sowohl der Besitzende und Begüterte sein kann. Denn der äußerlich Reiche kann sich innerlich arm fühlen und des Höhern bedürftig, wie andererseits der äußerlich Arme es verwerfen kann in dem Gefühle des Sattseins und des Nichtbedürfens desselben. Wie denn auch Swedenborg zeigt, daß weder die leibliche Armuth ein Verdienst sei und eine Berechtigung an den Himmel gebe, noch der äußere Reichthum tadelnswerth und hinderlich sei, in den Himmel zu kommen, indem er die so vielfach mißverstandenen Stellen: „Selig sind die Armen, denn das Himmelreich ist ihr." Luc. 6, 20, 21 und Math. 5, 3 — und „Es ist leichter, daß ein Kameel durch ein Nadelöhr gehe, als daß ein Reicher in das Reich Gottes komme," Math. 19, 24, ihrem innern Sinne nach in dem Werke über „Himmel und Hölle" in dem Abschnitt: „Von den Reichen und Armen im Himmel" erklärt und u. a. sagt: § 364: „Arme kommen nicht in den Himmel der Armuth „wegen, sondern des Lebens wegen; einem jeglichen, er „mag nun arm oder reich sein, folgt sein Leben nach; „es giebt keine besondere Barmherzigkeit für den Einen „mehr als für den Anderen; aufgenommen wird, wer „einen guten Lebenswandel geführt, und verworfen wird, „wer böse gelebt" und § 365: „daß unter den Reichen „im Worte im geistigen Sinne diejenigen verstanden wer„den, die in den Erkenntnissen des Wahren und Guten „sind, und unter Reichthümern die Erkenntnisse selbst, „welche auch wirklich geistige Reichthümer sind, kann aus „verschiedenen Stellen in ihm erhellen, die man nachsehen „mag: Jes. 18, 12, 13, 14, Cap. 36, 6, 7, Cap. 45, 3, „Jerm. 19, 3, Cap. 47, 7, Cap. 50, 36, 37, Cap. 51, „13, Dan. 5, 2, 3, 4, Ezech. 36, 7, 12, Cap. 27, 1 bis „zu Ende, Sachar. 9, 3, 4, Psalm 45, 13, Hos. 12, 9, „Offenb. 3, 17, 18, Luc. 14, 33 und anderwärts, und „daß unter den Armen im geistigen Sinne diejenigen „bezeichnet werden, welche die Erkenntnisse des Guten und „Wahren nicht haben, und gleichwohl nach denselben sich „sehnen: Matth. 11, 5, Luc. 6, 20, 21, Cap. 14, 21,

„Jef. 14, 30, Cap. 29, 19, Cap. 41, 17, 18, Zephan.
„3, 12, 13. Alle diese Stellen kann man nach dem gei-
„stigen Sinn ausgelegt sehen in den „Himmlischen Geheim-
„nissen" Nr. 10229."

Alles Gute und Wahre, das wir haben und davon wir mittheilen sollen, ist aber nicht unser, sondern des Herrn; wir sind nur die Empfänger desselben, und bisweilen das Medium, durch welche es hindurch geht, um auf Andere zu wirken. Wir sind die Werkzeuge, deren sich der Herr bedient, um Sein Gutes und Wahres Allen nahe zu bringen. Deshalb kann auch nie von einem Verdienste des Guten, oder mit Paulus zu reden, von einem Verdienste der Werke die Rede sein, noch können wir wirklich Gutes thun, so lange wir im Falschen sind. Denn das Gute, das wir aus uns selber zu thun glauben, ohne Erkenntniß Gottes, ist nur scheinbar, nicht wirklich Gutes, eben wie das Wahre, das wir aus unserer eigenen Einsicht zu schöpfen meinen, nicht wirklich, sondern nur scheinbar Wahres ist. Das Falsche kann sich nicht mit dem Guten, und das Wahre sich nicht mit dem Bösen verbinden; sondern Falsches und Böses schließen eine Ehe, wie Wahres und Gutes auch eine Ehe schließen. Darum sagt Swedenborg in dem Werke von der „Weisheit der Engel, betreffend die göttliche Vorsehung" § 10 V.: „Das Gute der Liebe ist nur in soweit gut, als es vereint „ist mit dem Wahren der Weisheit, und das Wahre der „Weisheit nur in soweit wahr, als es vereint ist mit dem „Guten der Liebe" und 814, VI.: „Das mit dem Wah„ren der Weisheit nicht vereinigte Gute der Liebe ist „nicht gut an sich, sondern scheinbar Gutes, und das mit „dem Guten der Liebe nicht vereinigte Wahre der Weisheit „ist nicht wahr an sich, sondern nur scheinbar Wahres."

Der Herr aber lehrt, daß wir zum Guten nur durch das Wahre kommen: „Ich bin der Weg, die Wahrheit und „das Leben, Niemand kommt zum Vater (d. h. zum Göttlich= „Guten), denn durch Mich (das Göttlich=Wahre)." In diesem Sinne schreibt Professor Tafel am 28. Mai 1863: „Das Thun des Guten ist, sowie die rechte Liebe, bedingt „durch das Ablassen vom Bösen; und was böse ist, lehrt „die Wahrheit; nur die Wahrheit macht wirklich frei. Je „mangelhafter unsere Erkenntniß der Wahrheit ist, desto „mehr wird auch unser Lieben und Thun der Reinheit „ermangeln. Nur im Wahren gestaltet sich das Gute." Und am 2. Januar 1863: „Die Wahrheit ist nur Eine, „ist diese wiedergekommen, so können wir keine andere „mehr erwarten; nur mehr vertiefen können wir uns in „jene Eine, und das Licht mehr verbinden mit der Wärme, „wo sodann Seine Wahrheiten zu den Hütten werden, in „denen wir ewig wohnen sollen."

Aus dem Gesagten ist zu ersehen, daß Alle, welche die Wahrheiten der Neuen Kirche anzunehmen vorgeben, und sie zu besitzen glauben, weil sie sich mit denselben bekannt gemacht und sie in ihr Gedächtniß aufgenommen haben, nicht aber nach denselben wandeln, die Gebote nicht halten und nicht im Guten der Liebe sind, auch die Wahrheiten nicht wirklich und echt haben, sondern sie in Falsches verkehren. Nur wo Wahres und Gutes vereint ist, ist es echt und wirklich vorhanden; das gilt im Einzelnen und im Ganzen, weshalb Paulus sagt, daß die Werke nicht gerecht machen, und Jacobus, daß der Glaube ohne Werke todt ist. Nur der gesunde Baum bringt gute Früchte. Die Wiedergeburt des Herzens ist der Boden, aus dem der Baum erwächst; nur in soweit, als der Mensch wiedergeboren ist, kann er wirklich gute Früchte hervorbringen. Weil aber die Wiedergeburt nicht erzwungen oder äußerlich bewirkt werden kann, wird es überall in der Welt, wie in jeder engern Gemeinschaft, Unbußfertige und Böse unter den Wiedergebornen und Guten geben, wie Weizen und Unkraut neben einander aufwächst bis zur Zeit der Ernte. Das Ausscheiden während des Wachsens ist dem Menschen unmöglich; denn nur der Herr prüfet die Herzen der Menschen und der Versuch dazu ist uns schädlich und verboten, weil das Richten allein dem Herrn zusteht. Damit ist uns indessen nicht geboten, blind zu sein gegen Lüge und Bosheit, wo sie an ihren Früchten erkennbar werden, oder gar sie gut zu heißen, sondern das „Richtet nicht!" ist gesprochen gegen ein liebloses Pharisäerthum, das uns selber noch mehr Schaden bringt, als Andern. Professor Tafel schreibt am 17. März 1862: „Wir sprachen auch über das Urtheil und wie sehr man „sich durch dasselbige versündigen und ewig schaden könne, „wenn man nicht zwischen einzelnen Handlungen und dem „Innern des Menschen, das wir nicht kennen, unterschei„det, und bei jenen nicht alle Möglichkeiten berücksichtigt. „Swedenborg legt einen sehr großen Werth darauf, daß „man gut von Andern denkt, weil ohne dies die Liebe „und das himmlische Sein getödtet wird; daher die Engel „Alles möglichst zu entschuldigen suchen." Und am 29. November 1857: „Ich bin über die Grundsätze, die Sie „aussprechen, vollkommen mit Ihnen einverstanden. Wür„den dieselben befolgt, so würde es besser um die Welt „stehen, und es wäre Alles für die Neue Kirche reif. „Vor Allem fehlt es an Liebe, was sich zunächst im Ur„theil über Andere zeigt, das gerecht sein muß, wenn von „Liebe auch nur die Rede soll sein können. Wir sollen „nicht nach dem Schein urtheilen und stets das Audiatur

"et altera pars walten lassen. Aber auch wo die Ver=
"fehlung gegen das Gesetz der Liebe und Gerechtigkeit
"außer allem Zweifel ist, müssen wir in unserm Urtheil
"mild sein, und eingedenk bleiben, daß die Engel nie An=
"kläger sind, sondern vielmehr Alles zu entschuldigen suchen.
"Es fällt mir da immer Haller ein, der sagte: (ungefähr)
"wir sollten Jeden so ansehen, wie er nach Jahrtausenden
"sein wird. Worin ich heute noch fehle, das kann
"ich ja morgen eingesehen und abgelegt haben. Ebenso
"mein Nächster, der sich an mir verfehlt hat. Freilich, so
"lange ich noch solche Fehler an ihm bemerke, thut es
"meiner Liebe zu ihm einigen Eintrag, und wenn er über
"diese Verminderung zürnt, oder sie mir verdenkt, so han=
"delt er unverständig und ungerecht; denn die Liebe kann
"nicht commandirt werden, sie steht unter innern Natur=
"gesetzen; wir können eigentlich nur das Vollkommene lie=
"ben, wenn und soweit es sich zeigt, also Jeden nur nach
"dem Wahren und Guten, somit dem Göttlichen, das er
"in sich aufgenommen hat. Diese Liebe macht sich also
"von selbst. Dabei muß man sich aber stets sagen, daß
"irren menschlich ist, und nur der Herzenskündiger das
"Maß der Verschuldung kennt. Am besten überlassen wir
"daher alles Urtheil Ihm und behalten unser Herz stets
"offen gegen Alle, ohne deshalb mit unserm Vertrauen
"allzu freigiebig zu sein." — Mit dem Richten hängt enge
der geistige Hochmuth zusammen, der um so gefährlicher
wird, wenn er sich in das Gewand erzwungener Demuth
kleidet, hoffend, durch dasselbe den Ehrenplatz im Himmel
zu erlangen.

Professor Tafel warnt wiederholt dagegen und sagt:
"Es ist wirklich merkwürdig, daß sowohl die Spiritualisten,
"als die Socialisten gleich den himmlischen Grad erobern

„und darstellen wollen." Und: „Den Herrn lieben mit
„allen Kräften ist eine sehr hohe Stufe, die man durch
„das bloße Entsagen und Wohlthun noch nicht erreichen
„kann; sie ist durch allerlei Mittelstufen bedingt, die nicht
„übersprungen werden dürfen, namentlich aber durch das
„Ablegen unserer Verkehrtheiten, deren Zahl Legion ist,
„wie wir dies z. B. in dem Werk von der Vorsehung
„zur Beachtung hervorgehoben finden. Die Spiritualisten
„z. B. meinen, sie seien schon himmlische Menschen, wäh-
„rend sie zum Theil nicht einmal natürlich gute, geschweige
„denn geistige Menschen sind." Und ferner: „Zum himm-
„lischen Grad können wir unmöglich dadurch gelangen,
„daß wir die Urmenschen in äußern Dingen nachahmen;
„der Herr hat gesagt: Wer der Erste sein will im Himmel-
„reich, wird der Letzte werden. Es ist Gefahr im Natür-
„lichen stecken zu bleiben und nicht nur nicht vorwärts,
„sondern zurück zu kommen. Es ist eine logische Wahr-
„heit, daß man von der einfachen Bejahung aus durch
„die Verneinung reicher zur Bejahung zurückkehrt. Die
„ersten Menschen sind in der Unschuld der Kindheit ge-
„wesen, wir sollen in die der Weisheit kommen. Dies
„kann ohne ein Wirken in Vielem nicht geschehen. - Das
„Absolut-Einfache ist auch das Absolut-Leere und Nichtige;
„Gott ist gerade dadurch unendlich, daß unendlich Vieles
„in Ihm ist, aber zur Einheit des Unterschiedenen ver-
„einigt. So wird auch der Himmel um so vollkommener,
„je mehr in ihm die Vielheit zunehmen und harmonisch
„vereinigt sein wird." Und: „Der Herr ist die Nutz-
„wirkung selbst, und wer im himmlischen Grad ist, muß
„vor Allem auf diese ausgehen; dahin führt ihn vor Al-
„lem die dem Herrn eigene Liebe, die alsdann ihn durch-
„bringt und treibt." Die Nächstenliebe ist daher von der

„Liebe zum Herrn gar nicht zu trennen, vielmehr ganz „besonders in ihr zu Hause; daher Joh. fragt: wie denn „der, der seinen Bruder nicht liebt, den er siehet, Gott „lieben könne, den er nicht siehet?"

Bleibt denn nun dem Menschen überhaupt, auch den besten unter ihnen, immer noch etwas abzulegen oder anzunehmen, um die Umwandlung vom Natürlichen zum Geistigen und Himmlischen oder die vollständige Wiedergeburt zu bewirken, und erreichen verhältnißmäßig nur Wenige das Höhere, so ergiebt es sich hieraus von selbst, daß auch von einer Gemeinschaft auf Erden nichts Vollkommenes erwartet werden kann. Das Reich Gottes kommt nicht in äußern Geberden, man soll nicht sagen können: „Siehe, hier ist, oder: siehe, da ist es!" Daher auch die Neue Kirche oder das Neue Jerusalem, das vom Himmel herabkommen, und in das nicht hineingehen wird irgend ein Gemeines, und das da Gräuel thut oder Lügen, sondern die geschrieben sind in dem lebendigen Buche des Lammes, Offenb. Joh. 21, 27, nicht erscheinen wird als eine Stadt mit sichtbaren Mauern und Thoren in einer Höhe und Breite von zwölftausend Stadien, Offenb. Joh. 21, 12—16; auch nicht gegründet auf einem bestimmten Fleck der Erde, sondern als eine innere Kirche, welche begründet sein wird in den göttlichen Wahrheiten der Lehre, aus welchen alles Gute der Liebe stammt, und in dem Wandel nach den Lehren. (Siehe: Enthüllte Offenb. 21, 2, 16.)

Professor Tafel schreibt am 14. December 1862: „Daß ins Neue Jerusalem Unreines komme, liegt ganz „außer dem Kreis unserer Befürchtungen; denn wir kön„nen nichts dazu, noch davon thun, weil sich dies von „selber so macht, oder vielmehr vom Herrn, vermöge

„Seiner Ordnung, so gefügt wird; denn nur Er kennt
„die Seinen, und sobald wir das Neue Jerusalem mit
„irgend einer sichtbaren Gemeinde oder Gemeinschaft identi-
„ficiren, sind wir in Gefahr, die Neue Kirche zu einer
„Secte herabzusetzen, während das Neue Jerusalem oder
„die Neue Kirche eine u n s i c h t b a r e Kirche ist, deren
„Glieder nur der Herr kennt, und in die wirklich nichts
„Unreines eingehen kann; denn das Unreine hat nie zu
„ihr gehört. Dagegen kann es in jeder sichtbaren Ge-
„meinde oder Gemeinschaft nicht nur schwache, sondern
„auch räudige Schafe, ja Wölfe in Schafskleidern geben,
„und der Herr wird die Seinen bewahren, daß sie diese
„bald durchschauen lernen, und ihnen nie zu viel ver-
„trauen. — Wären manche Jerusalemsfreunde nicht so
„blind in Beziehung auf die Schrift, würden sie nicht in
„Folge dessen die Weissagungen buchstäblich deuten, so
„würden sie nicht auf so falsche Bahnen gerathen sein.
„Swedenborg hat mit schlagenden Gründen nachgewiesen,
„daß eine Rückkehr der Juden nach Palästina unmöglich
„sei." Und am 10. Februar 1863: „Eben weil das äu-
„ßere Leben mit dem innern in Entsprechung steht, müssen
„wir unsere Erwartungen, die leicht allzu sanguinisch wer-
„den, sehr herabstimmen, was die Umgestaltung dieser
„Erde und unserer Verhältnisse betrifft, denn erstens sind
„Alle mit dem Erbübel behaftet, und zweitens hat Jeder
„seine Willensfreiheit, welche ohne Zweifel stets von einem
„Theile der Menschheit gemißbraucht werden wird. Die-
„ser Mißbrauch überhaupt, die Sünde und die auf die
„Sünde einwirkende Hölle, müssen daher auch ihre ent-
„sprechenden Reflexe in unsern Verhältnissen erhalten und
„behalten, so lange nicht Alle wiedergeboren sind. Jeder
„aber muß von unten auf dienen. Drittens die Weis-

"jagungen der heiligen Schrift von einer neuen Erde be-
"ziehen sich daher nur auf die Kirche, sie mag aus Vie-
"len oder nur aus Wenigen bestehen, nicht aber auf ihren
"Wohnplatz, am wenigsten hienieden."

Durch Anführung dieser Stellen haben wir gesagt, was das Neue Jerusalem oder die Neue Kirche nicht ist, und was sie ist. Sie ist die reine Lehre und der reine Wandel nach dieser, oder mit andern Worten: die Verbindung des Göttlich-Wahren und Guten. Sie ist überall, wo jene Bedingungen stattfinden, überall, wo die göttliche Liebe und Weisheit des Herrn aufgenommen wird. Sie ist in der Wiedergeburt, und daher eine innere, nur dem Herrn sichtbare Gemeinde, die nie identificirt werden kann mit irgend welcher äußern Gemeinde oder Gemeinschaft. Aber wie der Kern sich die Schale, wie das Innere sich das Äußere, und jeder Inhalt seine Form sich bildet, so strebt auch das innere Leben nach einer Abspiegelung im äußeren — so findet das innere Christenthum seine entsprechende Form in der Gemeinde. Diese ergiebt sich von selbst, wo der Boden geeignet ist, aus dem Anschließen der Glieder an einander, nach der Ermahnung des Apostels der Liebe: „Kindlein, liebet einander!" Das Reich des Herrn ist ein Reich der Rückwirkung, Er will kein Säulenheiligthum, kein Eremitendasein, sondern daß Einer dem Andern diene in Liebe. Er will die Gemeinschaft der Glieder und hat ihr die Verheißung Seiner Gegenwart gegeben: wo zwei oder drei versammelt sind in Meinem Namen, da bin Ich mitten unter ihnen.

Manche Steine zum Tempelbau künftiger Gemeinden trug unser verewigter Freund durch seine literarische Thätigkeit herbei, — kommende Geschlechter werden die Früchte seines Fleißes ernten und ihm banken. Überraschend groß ist die Zahl seiner Schriften; denn wenn dieselben auch Einen Arbeitstag von 42 Jahren umfassen, so konnte doch immer nur wegen seiner Amtsthätigkeit und anderer Pflichten ein geringer Theil eines jeden Tages, den die Nacht verlängern half, darauf verwandt werden. In Deutschland fand sich kein Las Cases, der unter dem Namen „Dieu-Donné" ein Vermögen gab, um es zu ermöglichen, daß edle Arbeitskräfte ihre ganze Zeit auf eine literarische Thätigkeit zum Aufbau des Reiches Gottes verwendeten. Allerdings aber gab es der spendenden Hände viele, welche freudig ihr Scherflein in den Gotteskasten legten; denn ohne die Beiträge der Glieder und Freunde der Neuen Kirche, die von Einzelnen und Gesellschaften gesandt wurden, und aus England, Frankreich und Amerika, wie auch aus Deutschland und der Schweiz einliefen, hätten freilich die sehr bedeutenden, fortwährend sich erneuernden Druck- und Verlagskosten einer so großen Anzahl von Werken nicht gedeckt werden können. Diese Unterstützung zur Herausgabe seiner Arbeiten erkannte Professor Tafel stets dankbar und freudig an, und suchte die Gebenden durch Bücher-Exemplare nach eigener Wahl zu entschädigen.

Seine Arbeiten sind wesentlich unterschieden und zerfallen in mehrere Abtheilungen oder Classen:
1) Herausgabe der lateinischen Originalien Swedenborg's, als:
    a. Arcana cœlestia &c. 13 Vol.
    b. Adversaria in Libros Veteris Testamenti.
    c. Diarii spiritualis.
    d. Dicta probantia Veteris et Novi Testamenti.

e. Sapientia angelica de Divina Amore et de Divina Sapientia.
f. Sapientia angelica de Divina Providentia.
g. Vera christiana religio &c.
h. Summaria expositio doctrinæ Novæ Ecclesiæ.
i. Index Biblicus &c. Vol. I, II.
k. De Conjugio.
l. De justificatione &c.
m. Summaria expositio sensus interni librorum propheticorum ac psalmorum.
n. Apocalypsis explicata &c.
o. Continuatio de ultimo Judicio et de Mundo spirituale.
p. De commercio animæ et corporis &c.
q. De Coelo et Inferno.

r. Swedenborgii Itenerarium.
s. Ludus Heliconius &c.
t. Senecæ et P. Syri Mimi.
u. Camena borealis s. fabellæ.
v. Regnum animale anatomice, physice et philosophice perlustratum.

2) Lateinische Übersetzungen der Werke Swedenborg's:
a. Lehre des Neuen Jerusalem vom Herrn.
b. Lehre des Neuen Jerusalem von der heiligen Schrift.
c. Lebenslehre für das Neue Jerusalem.
d. Lehre des Neuen Jerusalem vom Glauben.
e. Vom jüngsten Gericht.
f. Enthüllte Offenbarung Johannis, und: Fortsetzung vom jüngsten Gericht und der geistigen Welt.

g. Die Weisheit der Engel, betreffend die göttliche Liebe und Weisheit.
h. Die Weisheit der Engel, betreffend die göttliche Vorsehung.
i. Die Wonnen der Weisheit, betreffend die eheliche Liebe.
k. Himmlische Geheimnisse. u. s. w.
l. Gedrängte Erklärung des innern Sinnes der prophetischen Bücher des A. T. und der Psalmen.
m. Von dem Himmel und der Hölle.
n. Kurze Darstellung der Lehre der Neuen Kirche.
o. Wahre christliche Religion.
p. Von dem Neuen Jerusalem und seiner himmlischen Lehre.
3) Polemische Schriften:
a. Swedenborg und seine Gegner u. s. w.
b. Unsere Bekenntnißschriften eine Hauptquelle unserer Übel.
c. Vergleichende Darstellung und Beurtheilung der Lehrgegensätze der Katholiken und Protest. u. s. w.
d. Erklärung und Bekenntniß derjenigen, welche der alten Grundlage der evangelischen Kirche treu bleiben, u. s. w.
e. Die Unsittlichkeit und Verderblichkeit des Bekenntnißzwanges. u. s. w.
f. Die Hauptlehren der lutherischen Bekenntnißschriften, in wörtlichem Auszuge gegenübergestellt den betreffenden Stellen der heiligen Schrift.
g. Swedenborg und der Aberglaube u. s. w.
4) Theologische und dogmatische Schriften:
a. Religionssystem der Neuen Kirche.
b. Die durchgängige Göttlichkeit der heil. Schrift.

oder der tiefere Schriftsinn u. s. w.; auch als
I. Theil von: Swedenb. u. s. Gegner.
   c. Kurzer Abriß des Eigenthümlichen der Lehre
      Swedenborg's; auch Theil II, 2 von: Sw.
      u. s. Gegner.
   d. Sendschreiben an die deutsch-katholischen Ge-
      meinden. Zugleich ein Wort der Beherzigung
      für alle Wahrheit suchende Christen.
   e. Die Grundlehren der Neuen Kirche u. s. w.
   f. Die Hauptwahrheiten der Religion, oder Stun-
      den des Nachdenkens über die letzten Gründe
      der Religionswahrheiten.
   g. Friedenstheologie u. s. w.
   h. Union, wenigstens unter den Protestanten, nach
      der Lehre der N. Kirche.
   i. Erklärung der N. Kirche an die Menschheit.
5) Philosophische Schriften:
   a. Fundamentalphilosophie u. s. w. I. Theil.
   b. Die Unsterblichkeit und Wiedererinnerungskraft
      der Seele u. s. w.
   c. Geschichte und Kritik des Scepticismus und Ir-
      rationalismus in ihrer Beziehung zur neuern
      Philosophie u. s. w.
6) Übersetzung des Wortes Gottes aus dem Urtext, davon nur das mit Erläuterungen versehene Evangelium Matth. vollendet worden, und zum Druck bereit lag vor Antritt der letzten Reise des Verfassers.
7) Historische Schriften:
   a. Samlung von Urkunden, betreffend das Le-
      ben und den Charakter von E. Swedenborg.
   b. Zur Geschichte der Neuen Kirche.
8) Andachtsschriften:

Geist des Gebetes des Herrn und der zehn Gebote in Morgen- und Abendgebeten auf jeden Tag der Woche.

9) Übersetzungen aus dem Englischen:
   a. Clowes: Einige schlichte Antworten auf die Frage: warum nimmst Du das Zeugniß Swedenborg's an?
   b. Abriß des Lebens und Wirkens von E. Swedenborg u. s. w.
   c. Clowes' Predigten.
   d. Katechismus oder Unterricht in der Lehre der N. K. für Kinder.
   e. Unterricht vom ewigen Leben für Kinder.
   f. Der wahre Gegenstand der christlichen Gottesverehrung u. s. w.
   g. Die apostolische Lehre von der Versöhnung u. s. w.
   h. Von dem Wesen und der Nothwendigkeit der Buße u. s. w.
   i. Clowes: Predigten über das Gleichniß der 10 Jungfrauen u. s. w.

10) Schriften gemischten Inhalts:
   a. Vorwort von 1821.
   b. Einleitung in sämmtliche theol. Werke. 1823.
   c. Magazin für die Nu K.
   d. Verhandlungen der Generalversammlung der N. K. (enthaltend die biblische Lehre in ihrer genetischen Entwickelung).
   e. Wochenschrift 1850—1853. 1859. Nach 1853 herausgegeben unter dem Titel: Verhandlungen der Generalversammlung der N. K. in Deutschland und der Schweiz.

Was die Herausgabe der lateinischen Originalien

Swedenborg's anbetrifft, so haben wir schon öfters auf den hohen Werth derselben hingewiesen. Die Bedeutung und Anerkennung dieser Arbeit finden wir ausgedrückt in der Jahresadresse der englischen Generalconferenz an die deutsche Generalversammlung im Jahre 1860, worin es heißt: „Wir sehen völlig die unermeßlichen Vortheile „ein, welche der Kirche in zukünftigen Zeitaltern erwach= „sen müssen durch den Besitz der neuen Ausgabe der Werke „Swedenborg's — alle seine zu erlangenden Manuscripte „einbegriffen — in lateinischer Sprache, welche das allge= „meinste und wirksamste Mittel ist, mit der gelehrten Welt „in Verbindung zu treten, und aus welcher die Werke „leichter und correcter übersetzt werden können in die ver= „schiedenen Sprachen aller Nationen. Wir sahen deshalb „mit großem Interesse der Vollendung des Index Bibli= „cus entgegen. Und hier können wir nicht umhin, ein „Gefühl überströmender Dankbarkeit gegen den Herrn, „auszudrücken, daß Er unter Euch einen so energischen, „der Sache so ergebenen, und in jeder Beziehung für „diese Arbeit der Selbstverläugnung so unübertrefflich „geeigneten Mann hat erstehen lassen, wie Euer geliebter „und verehrter Präsident. Möge der Herr ihn lange „erhalten in seinem Beruf und alle Empfänger unserer „heiligen Lehren geneigt machen, ihm ihre herzliche Sym= „pathie, Mitwirkung und Unterstützung zu geben."

Die Aufgabe, welche Professor Tafel sich bei der Herausgabe der lateinischen Originalien Swedenborg's gestellt und weshalb er dabei so genau verfuhr, giebt er in einem Brief vom 26. October 1858 an, woraus wir Folgendes entlehnen: „Sehr bequem und angenehm „wäre es mir freilich, solcher mechanischen Arbeiten mich „zu entschlagen, und so Zeit für Geistiges und Beleh=

„rendes zu gewinnen; allein ich finde eben, daß hier der Ein-
„zelne dem Ganzen ein Opfer bringen und von seiner Arbeit
„jeden Schein der Willkür entfernen muß, um zu allen
„Zeiten jeden Forscher in den Stand zu setzen, die Hand-
„schriften und ersten Ausgaben in ihrer Ursprünglichkeit
„bewahrt zu sehen, selbst mit allen ihren Schreib- und
„Druckfehlern; denn Manches kann als Schreib- und Druck-
„fehler angesehen werden, was sich später oder für An-
„dere nicht so herausstellt, oder auch eine andere Correc-
„tur, als die gegebene, erfordert. Die Kirche im Ganzen
„hat manche Bedürfnisse, die der Einzelne nicht fühlt.
„In der Regel denkt Jeder nur an seine eigenen, geistigen
„Bedürfnisse, nicht aber an diejenigen Anderer und der
„ganzen Kirche, welche keineswegs der Wissenschaft feind-
„lich gegenübersteht, vielmehr die verschiedenen Gebiete des
„Glaubens, der Vernunft und der Erfahrungskenntnisse in
„sich als ein organisches Ganzes vereinigen soll und wird.
„Es wird daher auch von Menschen anerkannt, daß man
„es so und nicht anders machen müsse und das vom
„Herrn Smithson redigirte Intellectual Repository hob
„hervor, daß man in dieser Weise beide Ausgaben, die
„alte und die neue, beisammen habe. Auch Herr Le
„Boys des Guays gedachte meiner günstig in seiner Re-
„vue de St. Amand." — Und nachdem ihm die zur Feier
des Centenary 1857 aus Schweden gekommenen Manuscripte
aus England gesandt worden, schreibt er: „Die Manuscripte
„sind endlich am 19. Oct. nachts angekommen, und haben
„eine solche Anziehungskraft über mich ausgeübt, daß ich
„mich manchmal bis um Mitternacht damit beschäftigte,
„weil mir ihr großer Werth immer einleuchtender wurde.
„Von den erhaltenen 9 Folianten sind 2 große und 3 kleine
„noch ungedruckt und bilden Ein Ganzes, nämlich eine

„biblische Concordanz, in der den biblischen Wörtern und
„ganzen Stellen der geistige Sinn großen Theils beige-
„geben ist, doch meistens aus den andern Werken ergänzt
„werden kann, so daß man eine Übersicht darüber hat,
„wie der gegebene Schlüssel die unzähligen Schatzkammern
„des göttlichen Wortes alle aufschließt. Dabei erhält man
„eine treue Übersetzung des göttlichen Wortes, wie in
„keinem anderen Werke von ihm, und ich überzeugte mich
„auch, daß man seine anderen Werke nicht richtig heraus-
„geben und übersetzen kann ohne diese Manuscripte.
„So wunderte ich mich sehr beim Übersetzen der wahren
„christlichen Religion, daß Swedenborg das hebräische
„Wort Kippos mit marula, Amsel, übersetzte, was immer
„noch besser ist, als Igel, (da es keine Eier legende Igel
„giebt), aber nicht in die schlechte Gesellschaft der anderen
„Thiere paßt. Ich schlug daher diese Manuscripte auf
„und fand hier unter marula Jes. 34, 16; siehe serpens
„(Schlange), und hier sagte er: acontias, serpens jacu-
„lus, d. h. Pfeilschlange. Nun existirt zwar ein gelehrtes
„Werk von Bochert (Hierozoicon), in dem bewiesen ist,
„daß man Pfeilschlange übersetzen muß; ich zweifle aber,
„ob Swedenborg dasselbe kannte. Jetzt aber zweifelt
„kein Gelehrter mehr, daß dies die richtige Uebersetzung
„ist, und wie freute ich mich, als ich fand, daß der
„berühmte Gesenius in seinem Thesaurus von 1842 ganz
„dieselben Worte wie Swedenborg hat, nämlich acontias,
„serpens jaculus, Pfeilschlange, und auch die neueren
„Übersetzungen von Dr. Wette, v. Mayer, Kraus u. s. w.
„Pfeilschlange, Spießschlange haben. Hätten Herr Le
„B. des G. und Herr Moët die deutschen Übersetzungen
„dieser Manuscripte gesehen, so würden sie nicht merle,
„Amsel, Brachvogel, und die Engländer von 1855 nicht

„great owl" überſetzt und den Vorwurf hervorgerufen
„haben; Swedenborg habe ſich nicht über ſein Zeitalter
„erhoben, und nicht genug hebräiſche Sprachkenntniß
„gehabt, ſondern ſei von Sebaſtian Schmidt abhängig
„geweſen." Über daſſelbe Werk ſagt er am 22. Juni
1859: „Was ſollte wohl wichtiger ſein, als von jedem
„Wort und jeder Stelle ſogleich das geiſtige Concordat
„zur Hand zu haben? Und zwar ganz mit Swedenborg's
„eigenen Worten, ſo daß das Hinzugegebene wichtiger iſt,
„als das im Manuſcripte Stehende, das zum Theil aus
„einer früheren Zeit (1747) ſtammt?" Und am 7. Juni
ſelben Jahres: „Dieſes Werk, d. h. die 5 Folianten, wird
„dadurch in dem ganzen Umfang ſeiner großen Nützlich=
„keit gegeben, daß die noch mangelnden Erklärungen aus
„den anderen Werken Swedenborg's mit ſeinen eigenen
„Worten in [ ] Klammern beigeſetzt, und auch, weil das
„Werk zum Theil ſchon 1747 angefangen wurde, die gege=
„benen dadurch verificirt werden, daß ihnen die ander=
„wärts in den ſchon gedruckten Werken vorhandenen Er=
„klärungen gegenüber geſtellt worden." Am 17. März
1862: „Der Index Biblicus macht zwar unſäglich viel
„zu thun, die Arbeit belohnt ſich aber damit, daß
„durch ſie, und nur durch ſie, eine gründliche Kennt=
„niß der Bibel entſtehen kann, auf der ja die Kirche
„aufgebaut werden ſoll." Und am 10. April 1863: „Es
„wird jetzt am letzten Bogen des Index Biblicus gedruckt.
„Es freut mich, daß Sie ſolche Freude am Worte Got=
„tes finden: dies wird ſeine heilſamen Folgen für Ihre
„Zukunft haben. Eben daher werden Sie auch einſehen,
„von welcher Wichtigkeit eine Concordanz des geiſtigen
„Sinnes iſt, in welcher die Erklärungen darüber unter je=
„dem Wort und von jeder Stelle zuſammengeſtellt ſind.

„Eine solche Concordanz ist über der tiefere Sinn, so wie „er im Index Biblicus zu finden ist." Gleichzeitig mit dem Index Biblicus unternahm Professor Tafel auch die Bibelübersetzung, und die lateinische Herausgabe der wichtigen Apocalypsis explicata und ließ daneben an den Himmlischen Geheimnissen fortdrucken, um immer jede Zeit ausgefüllt zu haben, wenn bisweilen das eine oder das andere Werk in Stockung gerathen mußte. Er schreibt darüber im 6. Jahrgange der Baltimore Monatsschrift Seite 54 und 55: Er habe nach England geschrieben, „daß die „Vorbereitung zu der sehr nöthigen biblischen Concordanz „des geistigen Sinnes (Index Biblicus) so viel Zeit brauche, „daß zwischen hinein wohl jene Werke, bei welchen dies „weniger der Fall sei, aus den von Stockholm mitgenom„menen Handschriften Swedenborg's nach und nach er„scheinen könnten. Das Manuscript der Apocal. expl. „dürfte er nicht so lange behalten, und später würde es „nicht so leicht, vielleicht unmöglich sein, es wieder zu be„kommen; da es gegen die Gesetze der Akademie sei, Swe„denborg's Handschriften außerhalb der Räume der Aka„demie zu geben, und dieselbe nur durch besondern Be„schluß bei ihm eine Ausnahme gemacht habe; eine Heraus„gabe der Werke in späteren Zeiten auf den Grund einer „bloßen Vergleichung wäre eine unverantwortliche Pfusche„rei, die nur mit Nothfalle zu entschuldigen wäre, wenn „man nämlich, wie früher, die Originalien nicht bekommen „könnte, sondern sich mit bloßen Abschriften begnügen „müßte." Über die Wichtigkeit der lateinischen Originalien theilt der Professor in einem Briefe vom 23. Juni 1856 Folgendes mit: „Wie wichtig es ist, die Originalien, in „welchen der Herr das Wort uns neu geschenkt, weil aufgeschlossen hat, durch neue Auflagen allen Völkern zu

„gänglich zu machen, davon hatten wir einen neuen Beleg
„an einem Büchergesuch aus Italien, wohin (außer der
„Arcana, die der Abnehmer schon haben mußte) alle la-
„teinischen Werke Swedenborg's, also viel mehr als an-
„geschafft werden konnten" (es war zwei Jahre vor der
Erwerbung der Manuscripte aus Schweden), „verlangt
„wurden. Man wies darauf hin, daß das Fehlende in
„englischer Übersetzung zu bekommen sei; allein der Buch-
„händler schrieb, sein Abnehmer sei ein Landgeistlicher,
„der diese Schriften nicht im Englischen, sondern nur im
„Lateinischen lesen könne." Und am 20. März 1860:
„Ich bin recht froh, daß ich nach vollendeten zeitraubenden
„Vorarbeiten wieder an dem wichtigen biblischen Wörter-
„buch fortarbeiten und fortdrucken lassen kann, dessen Er-
„scheinen von vielen Seiten her freudig begrüßt worden
„ist, namentlich auch von Geistlichen. Wir haben in die-
„sem Werke einen Missionair, der alle Länder der gebil-
„deten Welt bereist, und bereits Eingang auch in Italien
„und Rußland gefunden hat. Möchte doch allenthalben
„das Gute und Wahre vereint werden, ohne welche Ver-
„einigung es keine Kirche des Herrn giebt."

Bei der Übersetzung der lateinischen Originalien verfuhr Professor Tafel mit eben der Genauigkeit und Ge-
wissenhaftigkeit, wie bei deren Herausgabe, und auch hier
stellte er an sich bestimmte Forderungen, welche wir in
einem Briefe vom 4. December 1853 ausgedrückt finden:
„Wie denn wirklich noch sehr Vieles zu thun ist; denn es
„ist erst ein kleiner Theil des reichen Schatzes dem deut-
„schen Publicum gegeben, und das Gegebene zum Theil
„von der unedlen Form zu befreien, die es in den Hän-
„den der Menschen erhielt. Die noch nicht übersetzten
„Werke sind noch zu liefern, und die veralteten, sowie in

„unrichtigem und in schwülstigem, den Leser anwidernbem
„Deutsch gegebenen Übersetzungen sind durch andere zu
„ersetzen, die sowohl wortgetreu, als wirklich deutsch sind;
„denn die Übersetzung soll dem Leser die Stelle der Ur-
„schrift vertreten." Wir erinnern uns dabei der 1821 an-
gekündigten 8 Werke Swedenborg's in deutscher Übersetzung, welche erfolgte, sobald die Umstände es erlaubten.
Außerdem waren aber auch von anderer Seite Übersetzungen von Swedenborg's Schriften erschienen, woran Professor Tafel jedoch keinen Theil hatte, und die auch nicht
jene Forderungen erfüllen, die wir gestellt sehen und mit
Recht stellen dürfen. Darüber schreibt dem Professor Tafel 1855 sein Jugendfreund J. M.: „Aus Auftrag meines
„Schwagers habe ich Dich um ein zweites Exemplar des
„Werkes vom Himmel und der Hölle zu bitten. Daß Du
„dieses Werk aufs neue übersetzt hast, hat mich besonders
„gefreut, indem es noch am meisten Leser finden wird,
„und diese für die Lehre der N. K. gewinnen kann. Doch
„mit noch größerer Freude vernahm ich aus Deinem lie-
„ben Schreiben, daß Du auch die wahre christliche Reli-
„gion aufs neue zu übersetzen und die alte Übersetzung zu
„berichtigen beabsichtigst; denn daran hat es dem Pu-
„blicum schon lange gefehlt, weil die von H... nichts
„taugte. Würde dieses wichtige Werk recht weit verbrei-
„tet und gelesen, so könnte es nicht fehlen, daß die Neue
„Kirche sich immer mehr ausbreitete. Doch auch Deine
„Übersetzung der Summaria expositio &c." [Kurze Darstellung u. f. w.] „wird das Ihrige dazu beitragen. Von
„dieser wie von jener besitze ich die alte Übersetzung.
„Deine Übersetzung von der letztern hat auch meine Frau
„mit besonderem Beifall aufgenommen. Der Herr begleite
„die Verbreitung dieser Werke mit Seinem besondern Segen."

In den polemischen Schriften Tafels, welche theils gegen eingewurzelte Irrthümer gerichtet waren, theils ihm durch die Anfeindungen und Entstellungen der Gegner abgezwungen wurden, sehen wir ihn mit leidenschaftsloser Ruhe das zweischneidige Schwert der Wahrheit führen. Das Schwert, von dem es heißt im Hesekiel 22, 11: „Aber er hat ein Schwert zu fegen gegeben, daß man es „fassen soll; es ist geschärft und gefegt, daß man es dem „Todtschläger in die Hand gebe." Und V. 9 und 12: „Das Schwert, ja das Schwert ist geschärft und gefegt. „Es ist geschärft, daß es schlachten soll, es ist gefegt, daß „es blinken soll." Es ist gesagt, daß der Herr ein Schwert gebe zu vertilgen und zu tödten, weil nach der Scheinbarkeit geredet ist, ebenso wenn gesagt wird, daß der Herr verdammt und richtet, welches Er selber dem innern Sinne nach deutet, indem er sagt: Ich richte Niemand, das Wort, das ich zu Euch rede, wird Euch richten an jenem Tage. So auch ist es nicht das Schwert der Wahrheit, welches tödtet, sondern das Böse und Falsche, welches sich gegen die Wahrheit auflehnt, giebt sich selber den Tod, was der Herr, der da will, daß die Wahrheit in die Finsterniß hineinstrahle, zuläßt, zufolge der den Menschen verliehenen Freiheit. (Siehe Himmlische Geheimnisse, 1774.) Und in der Offenbarung 1, 16: „Ein scharfes, zweischneidiges Schwert hing aus seinem Munde" — denn wenn die Wahrheit das Falsche trifft, erscheint sie schneidend und verletzend, und das Schicksal derer, welche gegen sie streiten, wird schließlich immer dasselbe sein, wie es in der Offenb. 12, 8 angegeben worden: „Und sie siegten nicht, auch ward ihre Stätte nicht mehr gefunden im Himmel"; weil das Falsche nicht bestehen kann vor dem Wahren. Das Wahre und das Falsche

7

aber gehört nicht den Personen an, welche es vertreten, sondern wird nur angeeignet, in sowohl sie sich in dem einen oder anderen begründen, und wird der Kampf stets um so würdiger und edler geführt, je mehr sie das beherzigen. Professor Tafel, welcher für alles Gute und Wahre, das er hatte, dem Herrn allein die Ehre gab, war deshalb bei seinen Kämpfen ebenso fern von anmaßender Selbstüberhebung, als von Erbitterung oder Menschenfurcht. Er zielte nicht auf die Person, sondern behielt stets die Sache im Auge und verfuhr ohne alle Rücksicht auf Freund und Feind, auf Menschen überhaupt, auf Vor- und Nachtheile mit unbeirrter Freimüthigkeit, und ist in dieser Beziehung eine ebenso seltene, als großartige Erscheinung. Wir theilen darauf Bezügliches aus einem seiner Briefe vom 22. Mai 1859 mit. Er schreibt: „Ich „fühle keinen Groll gegen unsere Gegner, und wenn ich „ihnen Hartes sagen mußte, so lag dies in der Natur der „Sache, die ich von meiner Person trennen mußte; ich „hatte im Grunde dabei nur das Zusehen, wie sie selbst „in ihr eigenes Schwert rannten, und die Nemesis oder „das Wiedervergeltungsrecht ihnen allerdings oft übel „mitspielte, und z. B. diejenigen, welche Swedenborg „hartnäckig zum Verrückten machen wollten, entweder „wirklich selbst verrückt wurden, oder es waren, oder sich „so geberdeten, und daher vor dem Publicum als solche „erschienen, obgleich sie es nicht waren. Solche „Exempel müssen aber statuirt werden, um Andere von „solcher Unwissenschaftlichkeit und Ungerechtigkeit zurück„zuschrecken, wie dies wirklich schon geschehen ist. Ebenso „ist zu bemerken, daß durch unsere Widerlegungen manche „für die Neue Kirche (selbst Damen) gewonnen worden „sind, bevor sie sonst etwas gelesen hatten. Wir haben

„dabei noch weit bis zu Schelling, der seine Gegner ganz
„anders behandelte." Der ritterliche Kampf war aber
von jeher ein Vorrecht und Zeugniß der Edlen, die sich
zwar befehdeten, aber dabei Gerechtigkeit widerfahren
ließen, weshalb es dem Bessern seiner Gegner zuzutrauen
ist, daß sie die Eigenschaften eines ächten Kämpfers an
ihm achteten; ja daß sie — war es ihnen wirklich um
Wahrheit zu thun — sich zu ihr bekennen, wo sie dieselbe
finden, und wäre es auch unter der Fahne derer, die sie
zuvor angegriffen. Denn nicht Jedem leuchtet die Wahrheit sogleich als solche ein; oft erscheint sie uns als Irrthum, weil sie unseren bisherigen Ansichten entgegensteht;
aber indem wir sie angreifen und uns gegen sie zu vertheidigen suchen, werden wir veranlaßt, sie näher zu prüfen, zu erforschen und ihrem Wesen nach zu erkennen.
Der innere Kampf- und Gährungsproceß wird keiner
Seele erspart, die zur Wiedergeburt kommt, und auch der
äußere Kampf mit entgegenstehenden Ansichten dient zur
Klärung der Begriffe, denn der Lehrende lernt beim Lehren, und der Kämpfende beim Kampfe. Auch Professor
Tafel sagt am 20. Februar 1860: „Ich halte das Nicht-
„annehmen aller Lehren Swedenborg's für weniger ge-
„fährlich, als das ihm Unterschieben. Mich begleitete
„beim Lesen seiner Schriften stets ein Mißtrauen gegen
„meine Auffassung des Gelesenen, das bewahrt mich davor,
„ihm, wo er unbestimmter ist, etwas Bestimmtes zu unter-
„schieben, statt dessen wartete ich lieber, bis ich die Lücke
„anderwärts bei ihm ausgefüllt fand, und das kam mir
„sehr zu Statten." Sehr anerkennende und vortheilhafte Urtheile über
Tafels polemische Schriften wurden von Seiten mancher
Gelehrten laut, und auch höhern Orts wurden dieselben

wohl aufgenommen, wie dies bei besonderer Veranlassung ihm schriftlich ausgedrückt wurde. Zwar fügt die menschliche Würdigung einer Sache ihrem wirklichen Werthe nichts bei, ebenso wenig, wie das Gegentheil davon etwas abzuthun vermag, sie gilt daher nicht als Zeugniß, daß Licht Licht ist, sondern, daß es als solches erkannt worden ist, zum Frommen derer, die es sehen.

Wohl ist der Kampf der Widerlegung und Vertheidigung ein nothwendiger, aber erquicklicher ist das Werk der Einigung und der Zustand des Friedens; einen solchen suchte Professor Tafel anzubahnen und eine Einigung zu bewirken auf den Plan, wie er ausgesprochen ist in seiner „Friedenstheologie oder Untersuchung in wie fern „1) bei aller Verschiedenheit der Ansichten, eine innere „Vereinigung aller wahren Christen schon besteht; 2) „unter Beibehaltung der Verschiedenheiten in Lehren und „Gebräuchen eine gewisse äußere Vereinigung der ge„trennten Religionsparteien sofort zu Stande kommen, „und 3) eine innere und äußere Vereinigung auf „den Grund einer und derselben Lehre allmählig „angebahnt werden könnte und sollte." Mit diesem Buche, an welches sich im gleichen Streben der Einigung schließt: „Die Union, wenigstens unter den Protestanten, „nach der Lehre der Neuen Kirche"; treten wir über auf das reichhaltige Gebiet der theologischen und dogmatischen Schriften Tafels, welche die protestantische Kirche von den in ihr enthaltenen unprotestantischen und fremdartigen Bestandtheilen zu reinigen sucht, und sie zurückführt auf die Erkenntniß Eines Gottes, wie ihn die ganze Bibel lehrt, des Gott-Menschen, der da zugleich ist Jehovah und Jesus, Schöpfer, Erlöser und Wiedergebärer, von dem es heißt: „Rath, Kraft, Held, Ewig-Vater, Friedefürst, eines Gottes, der als Inbegriff alles Liebenswerthen durch die Ausstrahlung Seiner Liebe unsere Liebe gewinnt, die wir beweisen sollen in dem Halten Seiner Gebote 1. Joh. 2, 3: „An dem merken wir, daß wir in Ihm sind, so wir „Seine Gebote halten." — Die wir auch halten können 1. Joh. 2, 6: „Wer da saget, daß er in Ihm bleibet, „der soll auch wandeln, gleich wie Er gewandelt hat", und halten müssen, um selig zu werden Matth. 7, 21: „Es werden nicht Alle, die zu mir sagen: Herr, Herr, ins „Himmelreich kommen, sondern, die den Willen thun Mei-„nes Vaters im Himmel."

Die Bewegung, welche sich in der katholischen Kirche zeigte, ließ hoffen, daß die Freimachung von dem Joche alter Irrthümer zu einer Ergreifung der erst recht ganz frei machenden Wahrheit führen würde, und veranlaßte das „Sendschreiben an die deutsch-katholischen Gemeinden", welches indessen nicht nur ihnen gilt, sondern, wie auch der Titel besagt: ein Wort der Beherzigung an alle Wahrheit suchende Christen ist. Dieses trug seine Früchte und im Jahre 1846 lief ein Danksagungsschreiben ein von Mitgliedern der deutsch-katholischen Gemeinde zu Wismar, die von dem Sendschreiben Veranlassung genommen hatten, Swedenborg's Schriften zu lesen. Indessen zeigte es sich, daß die Leiter der Bewegung nicht dem Glauben zusteuerten und die Wahrheit auf ihrem Wege nicht fänden, weshalb 1849 eine Schrift erschien: „Offne Antwort „auf die Frage: Warum nimmst Du das Zeugniß Ron-„ge's nicht an?" von W. Ph. Pfirsch, K. Studienlehrer in Schweinfurt, welche den Unterschied der Lehre Ronge's zu der der Neuen Kirche sehr klar beleuchtet und über welche Professor Tafel dem Verfasser am 5. August 1849 schrieb: „Ich hoffe, daß manche Deutsch-Katholiken sich der

„wahren Kirche noch zuwenden, und dazu halte ich Deine
„Schrift (Offne Antwort u. s. w.) für sehr geeignet."

Blickt zwar aus allen Werken Tafel's ein streng logisches und philosophisches Denken hervor, welches genau unterscheidet, schlagend trifft, vernünftig überzeugt, so freuen wir uns doch, daß er auch auf dem besonderen Gebiete der Philosophie Schriften hinterlassen hat. Daß es hier bei so Wenigem blieb, ja daß von seiner Fundamentalphilosophie, welche den Begriff der Philosophie untersucht, nur der I. Theil erschien, war wieder in der Selbstverläugnung begründet, in der er das Eigene dem als höher Erkannten, die persönliche Neigung dem allgemeinen Besten zu opfern wußte. Die Herausgabe und Vertheidigung von Swedenborg's Schriften und Lehre sah er als seine Hauptaufgabe an, der er seine Zeit und Gedanken hingab. Wir entlehnen Einiges aus einem seiner Briefe, Philosophisches betreffend. Er schreibt am 29. Februar 1859: „Dieß veranlaßt mich, Ihnen meine „Ansicht über die Kritik meiner Fundamentalphilosophie „zu sagen, die nicht von Fichte selbst, sondern von dem „Geistlichen W., der Mitredacteur seiner Zeitschrift ist, „herrührt. Sein Hereinziehen der Erfahrungswissenschaften „ins Gebiet der Philosophie wird wohl auf einem Miß„verständniß beruhen, so wie die mir zugeschriebene gänz„liche Ausschließung derselben. Alles, was wir durch „Erfahrung wissen, giebt nur, wenn's hoch kommt, hohe „Wahrscheinlichkeit, aber keine strenge Allgemeinheit und „Nothwendigkeit, während das eigentlich philosophische „Wissen auf dieser beruht, und im Grunde ein Rechnen „ist, wie bei der Mathematik, was auch das lateinische „Wort ratio, rationalis ausdrückt; die Quelle ist daher „eine andere, nicht der äußere oder innere Sinn, sondern

„die Vernunft, welche das ganze Gebiet der Denkbarkeit
„umfassen, und in zwei Theile theilen kann, in deren
„Einem das Denkobject, und im Andern alles Andere
„liegt, so daß man von der Wahrheit des Einen mit Noth-
„wendigkeit auf die Falschheit seines Gegensatzes schließen
„kann. Die Philosophie braucht daher zu ihrem Aus-
„gangspunkt nur Eine Existenz, und als solche hat Jeder
„wenigstens seine eigene und kann von hier aus mit
„Nothwendigkeit auf eine anfangslose und ewige Exi-
„stenz und auf ihre Eigenschaften kommen, die nichts
„Geringeres sein können, als das Beste dessen, was irgend
„existirt, vielmehr muß dieses Beste seinen Grund in
„jenem ewig Seienden haben. Dahin reicht kein Er-
„fahrungswissen. Die philosophischen Wahrheiten gehen
„auf diese Weise näher zusammen, aber sie sind dafür
„auch zuverlässiger. Die Hegelsche Schule hat jenen von
„Kant hervorgehobenen Character der Allgemeinheit und
„Nothwendigkeit übersehen, und zum statt Philosophie ein
„Phantasiespiel gegeben, dem als solchem die Denknoth-
„wendigkeit abgeht. Vernunft, Erfahrung und Glaube
„können sich aber verbinden, und einander stützen, ergän-
„zen und beleben. Die Philosophie allein ist unzulänglich.
„... Herr Professor B.... hat mir in
„einem lateinischen Briefe auch seine Zustimmung zu mei-
„ner Philosophie erklärt, ohne daß er aber deshalb der
„Neuen Kirche angehört. In Amerika wünschen sie, daß
„ich sie fortsetze, ich hoffe auch noch, so der Herr will,
„es zu thun, da ich viel vorgearbeitet habe. Ich habe
„aber jetzt einen weitern Setzer angestellt, und bin daher
„durch das biblische Wörterbuch und die Übersetzungen
„sehr in Anspruch genommen." Und später: „Welch
„schönes Band umschlingt uns Alle, wenn wir das Gött-

„lich-Wahre in uns aufnehmen und in uns wirken lassen!
„Ich werde nie die Herzlichkeit vergessen mit der Baronin
„S. mich in W. empfing, und es freute mich sehr, was
„er mir am letzten Abend sagte, daß nämlich meine
„Fundamentalphilosophie ihm genügt hat, und ihm zur
„Einleitung in Swedenborg's Werke diente. Ich habe
„die Fortsetzung schon Jahre lang eingeschlossen, will sie
„aber wieder hervorlangen."

Die philosophische Facultät in Tübingen legte ein
sehr günstiges Zeugniß über Tafels Fundamentalphilosophie ab, demzufolge der König von Württemberg, der
dieselbe auch mit Wohlgefallen und Interesse aufgenommen
hatte, den Verfasser mit dem Titel und Range eines
Professors der Philosophie beschenkte. — Seine Schrift
über die Unsterblichkeit und Wiedererinnerungskraft der
Seele hatte die Königin von Holland bei einem Besuche
der Bibliothek in Tübingen zu lesen gewünscht und ließ
dem Verfasser nachdem durch den Staatsrath v. Wechher-
lin schriftlich für die interessante Mittheilung danken.

Der Herausgeber der Monatsschrift in Baltimore,
Herr A. Brinkmann schreibt 1859: „Ich habe nun fast
„alle Ihre Werke ordentlich durchstudirt und kann in
„Wahrheit sagen, daß ich ganz und gar mit Ihnen
„Eines Sinnes bin. Besondere Freude hat mir Ihre
„Fundamentalphilosophie gemacht, die ich dreimal durch-
„gearbeitet habe. Von ganz besonderem Nutzen für alle
„Zukunft sind uns die Werke über „Swedenborg und
„seine Gegner". Die gelehrte Nachwelt besonders wird
„mit innigem Danke diese Ihre Schriften sehen. Ich
„kann Ihnen nicht genug dafür danken, denn Sie haben
„mir durch diese Schriften ganz besonders viel ge-
„nützt. Gleiches kann ich zuversichtlich von unseren geehr-

„ten Brüdern Tärk, Reiche, Ragaz und Anderen sagen."
Hieran schloß sich die Aufforderung zu einer neuen Übersetzung der Bibel, auf welches Unternehmen Professor Tafel einging, indem er zuvörderst diejenigen Bücher, welche das eigentliche Wort Gottes enthalten, übersetzen wollte, und zufolge einer zu Stande gebrachten Subscription das Werk begann und zwar mit dem Evangelium Matth., das vollendet wurde und zum Druck vorlag, ehe er seine letzte Reise antrat.

Die historischen Werke umfassen sorgfältig gesammelte Urkunden, kritisch beleuchtete Urtheile und eine lebensgetreue Vorführung von Persönlichkeiten und Thatsachen, welche zur Entwicklung der Neuen Kirche beigetragen haben. Als Anerkennung derselben wurde dem Professor Tafel am 17. November 1851 das Diplom eines Ehrenmitgliedes der historisch-theologischen Gesellschaft zu Leipzig von derselben und begleitet von einem Schreiben ihres Präsidenten, des Herrn Professor Dr. Niedner, zugesandt.

Als Erbauungsschrift zur häuslichen Familien-Andacht besonders geeignet, haben wir Tafels: „Geist des Gebetes des Herrn und der zehn Gebote" zu nennen. Wer es benutzt, wird gewiß Segen davon verspüren, denn es ist zugleich innig und ernst, und leitet zur Selbstprüfung und Besserung an. Auch wurde es oft und weit versandt. Als Schriften gemischten Inhalts sind zu bezeichnen: das 1824 begonnene Magazin für die Neue Kirche, welches seine Fortsetzung in den Wochenschriften von 1848—53 fand. In denselben finden sich außer einigen der schon genannten Werke, welche als Beilage erschienen, sehr interessante Aufsätze und Reden, aus denen die Lehre und das Wesen der Neuen Kirche hervorgeht. Ebenso ist das Vorwort von 1821, soweit die Einleitung in sämmtliche theologische Werke von 1823 von besonderem Werthe, wissenschaftliche Begründung, Gerechtigkeitsliebe und eine klare Anschauung und Darstellung des Gesagten giebt sich darin kund. Es wird gesagt, was der Leser von den Werken Swedenborg's zu erwarten hat, aber auch, was diese von ihm erwarten dürfen.

In ähnlicher Weise äußerte sich der Professor Tafel in einem Briefe vom 12. October 1862: „Nur bestehe „ich darauf, daß zu einem competenten Urtheil über „Swedenborg's Lehre neben anderen Erfordernissen vor „Allem gehört, daß man die Acten alle gelesen, also alle „seine Schriften studirt hat: dies ist eine Forderung „der Gerechtigkeit, die freilich in einer Zeit, wo das Ge„wissen so sehr abhanden gekommen ist, vergebens „gestellt wird. Uns, die wir beiderlei Lehren kennen, „steht ferner fest, daß wenn man seine Lehre für paradox „erklärt, entweder ein Rechnungsfehler statt gehabt hat, „oder für paradox gehalten wird, was biblisch oder ratio„nell orthodox ist. Wer unbefangen alle seine Werke las „endigte, wenn er wirklich unbefangen war und das „Herz an der rechten Stelle hatte, damit, daß er für die „Wahrheit gewonnen wurde. Wie könnte es auch anders „sein? Wir sehen mit eigenen Augen, beim hellen Mit„tagslicht, daß hier nicht Swedenborg, sondern der Herr „zu Seiner Kirche spricht, und es somit nicht der rechte „Verstand war, der Paradoxien bei ihm fand. Die bis„herigen Gegner und Berichterstatter haben sich mit ihren „falschen Auffassungen nur blamirt, weil sich evident nach„weisen ließ, daß sie ihm etwas unterlegt hatten, was er „nicht gesagt und nicht gewollt hatte. Darum sagte der „Herr: Wie Töpfergeschirr, will Ich sie zerschmeißen."
„Es ist wirklich traurig, wie sehr die meisten Menschen

„ihrem eigenen Glücke im Wege sind! Sie können nicht
„hinein und verhindern Andere, die hinein wollen. Ein
„Hirt und Eine Heerde könnte unmöglich entstehen,
„wenn Jeder bei seinem eigenen Kopfe stehen bleiben
„wollte. — Darum ist der Anfang das geistig Arm-
„sein, und die Bedingung des Fortschreitens zum Licht
„das Thun der Wahrheit. Der rechte Maßstab ist aber
„das Gewissen, und wo außer dem Neuen Jerusalem ist
„eine Lehre, die nicht diesem in allen Hauptpunkten wider-
„spricht? Daß dies hier nicht der Fall ist, beweist aber,
„daß des Menschen Sohn wiedergekommen ist in den Wolken
„des Himmels."

Über das Neue Jerusalem äußerte ein Professor des
katholischen Kirchenrechts: „sie sei die Kirche der
Zukunft, ihre Sätze müsse man am Ende nothwendig
anerkennen."

Das obige Urtheil Tafels, welches er am Ende
seines Lebens, 1862, über Swedenborg's Schriften ablegte,
wird uns um so interessanter, wenn wir es mit dem
Urtheil von 1811 vergleichen. Damals, als er erst Eins
der Werke Swedenborg's gelesen, hielt er den Verfasser
für weltlich und stellte ihn mit Münchhausen in eine
Kategorie; jetzt, nachdem er nach allen Regeln der Wissenschaft, nach den Gesetzen der Vernunft und des Gewissens, in dem Drange nach Wahrheit und im ernsten
Gebote um Erleuchtung — geforscht, geprüft und endlich
angenommen hatte — erblickte er in diesen Schriften
das wahre Heil der Menschheit, die Rettung einer jeden
Seele, weil sie den Schlüssel zu den Geheimnissen der
Schrift enthalten, und uns das Universum aufschließen, durch
das wir einen Blick thun dürfen durch alle Himmel hinauf zu
der geistigen Sonne der Liebe und Weisheit unsers Herrn.

Die Aufbewahrung aller in seiner Verlagsexpedition erschienenen Werke suchte Professor Tafel durch ein Testament zu bewirken, worüber er am 3. Februar 1855 schrieb: „Um dafür zu sorgen, daß meine Werke nie Ma=
„culatur werden können, vielmehr für die Zwecke des
„wahren Lichtes erhalten bleiben, und ein Theil des Er=
„löses nach Abzug der darauf gehenden Kosten dazu ver=
„wandt werden wird, wieder neue Werke oder Auflagen
„alter drucken zu lassen, bin ich entschlossen ein Testament
„zu machen, durch das dieser Nachlaß ein Fideicommiß
„bildet, über dessen Ertrag die einsichtsvollsten, thätigsten
„Bekenner als Comité zu verfügen haben, u. s. w." —
Allein dieser Gedanke konnte wegen mangelnder, gesetzlicher Freiheiten nicht ausgeführt werden, die Sicherstellung dieser literarischen Schätze war in Deutschland noch nicht zu ermöglichen und mußte daher durch ein Bündniß mit den Engländern bewirkt werden. Einem 1858 ausgestellten Documente zufolge wurden daher die Engländer Erben der Früchte der vieljährigen Arbeit von Professor Tafel und durften gegen eine Entschädigung an die Familie desselben, den ganzen lateinischen Nachlaß, der aus 40,000 Bänden bestand, nach England hinüberführen. Auch die deutschen Bücher wurden zu ihrer Verfügung gestellt, jedoch unter der Bedingung, daß dieselben in Deutschland verbleiben sollten, und also noch immer dem deutschen Publicum zugänglich sind.

In der doppelten Hoffnung einer bessern Zukunft für Deutschland und für die Neue Kirche in demselben durfte Professor Tafel die letzten Lebenstage zubringen, denn den stark umwölkten politischen Gesichtskreis schien ein lichter Strahl durchbrechen zu wollen und so der Boden gesetzlicher Freiheit in Aussicht zu stehen, der zur Gründung kirchlicher Freiheit nothwendig ist. Um den Aufbau der Neuen Kirche in Deutschland zu befördern und zu beschleunigen, waren ihm aber von England aus Vorschläge gemacht worden, die ihn sehr beschäftigten und mit frohen Erwartungen für die Zukunft erfüllten. Zwar waren jene Vorschläge nicht von den ihm bekannten und befreundeten Gesellschaften ausgegangen, sondern stammten von einem anonymen Verfasser her und verriethen in ihrer Großartigkeit mehr guten Willen als Einsicht in die obwaltenden Verhältnisse, allein sie gaben doch Veranlassung zu einer nähern Besprechung dessen, was für die Neue Kirche auf dem Continent geschehen könnte und müßte, und setzte der Professor wie in einem Testamente für die Zukunft 12 Punkte darüber auf, welche nebst den betreffenden Briefen in dem New-Yorker New-Jerusalem Messenger vom 18. Juli aufgenommen wurden.

Viel hatte er noch vor sich, viel noch zu arbeiten, und beseelt von dem Wunsche, noch lange zu wirken für das Reich Gottes auf Erden, trat er seine letzte Reise hienieden an, die ihn unvermerkt hinüberführte zu einer höhern Wirksamkeit in dem geistigen Reiche des Herrn. Nach emsigen Vorarbeiten, damit nichts in der Zeit seiner Abwesenheit versäumt werden möchte, verließ er am 14. August 1863 die Heimath, um sich nach der Schweiz zu begeben, wohin er alljährlich eine Erholungs- und Missionsreise zu machen pflegte. Denn außer den ihm besonders befreundeten Familien hatte er noch andere Glieder der Neuen Kirche zu besuchen, an welche er eine Ansprache zu halten pflegte, wenn sie sich zur gemeinsamen Erbauung zusammengefunden hatten. Diesmal sollte, wie schon öfter, Herisau der Vereinigungsort sein, aber außerdem einige weiter entfernt Wohnende besucht werden, welche im vorigen Jahre den Wunsch ausgesprochen hatten. Mit diesem Zwecke glaubte der Professor eine für seine Gesundheit ihm angerathene Badekur verbinden zu können und in dem passend gelegenen Ragaz das für ihn zweckdienliche Heilmittel gefunden zu haben. Für diesen Aufenthalt konnte er von seinen Ferien jedoch nur 8—10 Tage erübrigen, wollte er noch einige entlegnere Orte berühren, dort wie gewöhnlich eine Woche zubringen und am 6. September in Begleitung eines Freundes aus Deutschland zur jährlichen Generalversammlung in Stuttgart zurückkehren. Aber der Herr hatte es anders beschlossen; Er sandte den Engel des Todes, dessen erstes Anzeichen schon auf der Reise durch Unwohlsein sich ankündigten und der sein Werk der Lostrennung der Seele vom Körper schnell vollendete durch eine Entzündung, welche kurz nach der Ankunft in Ragaz sich ausbildete; jedoch nicht in ihrer Gefährlichkeit als solche erkannt wurde.

Hier stand ihm als Pflegerin ein neu-gewonnenes Glied der Neuen Kirche zur Seite, welche er brieflich mit seinem „Leben in der Schweiz" bekannt gemacht hatte und die, von ihnen eingeladen, sie mit dem Professor zu besuchen, nun aus weiter Ferne herbeigekommen war, um die schönen Tage des brüderlichen Beisammenseins mit zu feiern. Dieselbe war nach langem Forschen und Ringen nach Wahrheit, welche sie weder in dem altlutherischen Glaubensbegriffe, noch im Nationalismus, noch auch in der vermittelnden Theologie finden konnte und deren Zweifel der bloße, so oft scheinbar sich widersprechende Buchstabensinn der heiligen Schrift nicht zu lösen vermöchte, — durch Swedenborg's Werke zur Klarheit gekommen. Der Herr hatte ihr dieselben nahe gebracht zur rechten Stunde, nachdem ihre Seele vorbereitet worden, sie aufzufassen, und durch diese war sie hingeleitet worden zu dem deutschen Herausgeber derselben, mit dem sie in Briefwechsel getreten. In der Hoffnung, von ihm weiter geführt zu werden in der tiefern Erkenntniß der Wahrheit, hatte der Herr sie herbeigerufen, aber um ihr statt dessen das unerwartete Amt anheimzugeben, dem nun Verewigten die letzten Leidenstage zu erleichtern.

Die Krankheit nahm einen raschen Verlauf, und wenn sie auch meist heftige Schmerzen verursachte, welche der Leidende in der größten Geduld und Sanftmuth erduldete, so ließ sie doch bis auf die letzten Stunden den Kopf frei und hinderte die Seele nicht, Aufschwung nach Oben zu nehmen und im Gebete, wie in stillen Betrachtungen gesammelt vor ihrem Gott zu erscheinen. Groß war die Mattigkeit, welche ihm nur wenig zu reden und kaum eine aufrechte Lage gestattete, doch konnte er durch die geöffneten Fenster hindurch an der frischen Luft sich erquicken und den Blick auf die schönen Berge und den darüber sich wölbenden Himmel genießen. Zwei Tage vor seinem Ende ließen die Schmerzen nach, wodurch Hoffnung zur nahen Genesung erregt wurde; es schienen nur noch die Kräfte zu fehlen, welche sich aber nicht einstellten, sondern fortwährend abnahmen, weshalb das Bedürfniß nach Ruhe groß war und häufig ausgesprochen wurde. Die Sprache wurde ihm immer schwerer, aber der Geist war nicht an diese Aeußerung gebunden; die oft gefalteten Hände und der innige Ausdruck der Züge zeigten an, wie und wo er in ungeschwächtem Bewußtsein thätig war. Erst in der letzten Nacht traten Phantasien ein, in deren würdigen Bildern und Vorstellungen seine kindlich dem Herrn ergebene Seele sich aussprach. Zweimal verlangte er aufgerichtet zu werden und sank sanft in die Kissen zurück. Gegen Morgen schien das Bewußtsein klarer zu werden, er kannte seine Umgebung und den herbeigerufenen Arzt. Derselbe hatte noch am vorhergehenden Abend anscheinend keine Befürchtungen gehegt, und war überrascht, jetzt plötzlich die unverkennbaren Anzeichen einer nahen Auflösung zu finden. Eiligst wurde nun an die unvorbereitete Familie und an die nächsten Freunde die erschütternde Nachricht telegraphirt. Noch ehe die Depeschen ihren Bestimmungsort erreichten, hatte ohne Kampf, ohne Beängstigung, ja äußerlich völlig unvermerkt die Trennung der Seele vom Körper stattgefunden. Nur einmal wendete sich das Auge und strahlte in erhöhtem Glanze, dann senkten sich halb die Augenlider, um sich nie wieder zu heben. Es war am Samstag, den 29. August, zwischen 9 und 10 Uhr morgens, daß seine Seele einging zur ewigen Sabbathfeier, zum schönen Ostermorgen, dem keine Nacht mehr folgt, wo die Sonne der göttlichen Liebe und Weisheit, nicht mehr verdunkelt durch die Nebel der Erde, in unvergänglicher Schönheit strahlt.

„Es sei denn, daß das Weizenkorn er-
sterbe, so bleibet es allein, so es aber er-
stirbt, so bringet es viele Früchte"
war der bedeutungsvolle Spruch, welcher nach seinem Verscheiden beim Aufschlagen der Bibel, gegeben wurde. Die irdische Hülle, noch mit dem sanften Ausdruck des Friedens auf den erstarrten Zügen, wurde am Montage, den 31. August auf dem Friedhofe in Ragaz bestattet, begleitet von dem Bruder und dem ältesten Sohne des Verewigten, dem Rechtsconsulenten Tafel in Stuttgart und dem Lieutenant Tafel in württembergischen Diensten, welche zufolge erhaltener Depeschen herbeigeeilt waren, sowie von einigen seiner gleichfalls benachrichtigten Freunde

aus der Schweiz und einem Theile der Bewohner und
Badegäste des Ortes. Der katholische Pfarrer leitete die
Ceremonie und hielt eine Rede, welche, in dem Geiste
christlicher Toleranz, die Zuhörer über den Unterschied
der Confessionen, auf den allen Christen gemeinsamen
Standpunkt des Wandelns vor dem Herrn, versetzen sollte.
So hatte sein Irdisches die letzte Ruhe gefunden
unweit dem Grabe Schelling's, auf dem fremden, dem
katholischen — dem freien Boden der Schweiz, als seine
Seele getragen von Engelshänden die leichte Reise zur
Heimath des Vaters angetreten hatte, in der sie schon
hienieden heimisch war.

Der Herr nahm ihn von uns, von Allen, die ihn
liebten und verehrten! Aber im Nehmen giebt und segnet
Er! Er ist noch immer Derselbe, der bei Seinem Heim-
gange aus der irdischen Welt dem Jünger eine Mutter,
der Mutter einen Sohn zuwies. Diese liebende Fürsorge
des Herrn offenbarte sich auch hier an der Todtenbahre
Seines Jüngers, denn hier führte er Glieder Seiner
Kirche zusammen, die sich bis dahin nicht gekannt und
sich nun im Andenken an den Heimgeschiedenen und im
Aufblick zum Herrn verbanden, treu zu einander zu halten
und soviel der Herr es ihnen verleihen wolle, zum Kommen Seines Reiches auf Erden zu wirken. Hier auch
führte Er übereinstimmende Schwesterherzen der fern Her-
beigekommenen entgegen und bereitete ihr bei ihnen eine
Heimath in der „köstlichen Oase" des Neuen Jerusalems.

Der Herr will uns nicht Waisen lassen, Er selbst
kommt zu uns, und wenn Er uns Menschen entrückt, an
denen wir liebend gehangen, so ist Er mit Seinem Troste
uns nahe, und will, daß sich der zurückbleibende, so leer
fühlende Kreis wieder schließe, und ein Jeder in erneuter

Liebe ben Anderen wieder ſtütze und trage. Wir trauern ja nicht als die, welche keine Hoffnung haben; ewig bleibt uns, was wir im Herrn lieben, denn der Herr iſt im Jenſeits und Diesſeits der Hort unſerer Seelen und in Seiner Liebe ſind Himmel und Erde zu Einem Ganzen vereint.

Was aber im engern Kreiſe ein Troſt und eine Mahnung iſt für die Angehörigen und Freunde des Verewigten, das muß es im weitern Kreiſe ſein für Alle, welche mit uns den ſchmerzlichen Verluſt empfinden, den die Neue Kirche durch den Heimgang Profeſſor Tafels erlitten. Die Kirche des Herrn iſt nicht verwaist, der Einfluß von Oben wird immer bemerkbar ſein, ſo lange wir uns ihm erſchließen; der Herr aber fordert von einem Jeglichen unter uns, daß er wirke, ſo lange es Tag iſt; Er will, daß Seine Jünger ſich enger verbinden ſollen, damit der Eine den Anderen ſtütze und trage, auf daß auf den Grund innerer Gemeinſchaft einſt eine äußere Gemeinde erbaut werde, die nicht vor der Welt als phariſäiſche Secte erſcheine, ſondern als die Inhaberin des reinen und enthüllten Bibelwortes, im Geiſte göttlicher Liebe und Weisheit leuchte und die Kennzeichen einer wahren, allgemeinen, chriſtlich-evangeliſchen Kirche an ſich trage. —

Druck von C. F. C. Wischmann in Wismar.

Errata.

S. 1, Z. 9 v. u. streiche: geistigen.
„ 1, „ 4 v. o. lies: Thamm, statt: Thannen.
„ 9, „ 11 v. u. — Lohbauer, — Lehbauer.
„ 10, „ 13 v. u. — Entäußerung — Enttäuschung.
„ 16, „ 2 v. o. — ben — ber.
„ 17, „ 9 v. o. — Noble, — Nable.
„ 18, „ 7 v. u. — Zur Geschichte der N. K., — Geschichte zur N. K.
„ 18, „ 8 v. u. — Möhler, — Mühler.
„ 19, „ 1 v. o. — Möhler's, — Mühler's.
„ 27, „ 8 v. u. — wurde, — wird.
„ 30, „ 8 v. u. — geistig Sodom und Ägypten, — geistlich Sodome in Ägypten.
„ 43, „ 16 v. o. — Accrington (jetzt in London), — Accrington in London.
„ 46, „ 6 v. u. — Java, — Hava.
„ 46, „ 5 v. u. — in dem, — indem.
„ 53, „ 1 v. o. — werde, — wird.
„ 60, „ 15 v. o. — worben sind von weit, — worben sind und von weit.
„ 62, „ 13 v. u. — 1863, — 1853.
„ 64, „ 5 v. u. — darüber am, — darübe ram.
„ 69, „ 5 v. o. — Rorschach, — Korschach.
„ 70, „ 10 v. u. — harmonisches Ganze, — harmonisches Ganzes.
„ 75, „ 2 v. o. — je, — ja.
„ 85, „ 2 v. u. — Diarii spiritualis, — Diarium spirituale.
„ 86, „ 14 v. u. ergänze: sententiæ nach Mimi.
„ 86, „ 10 v. u. streiche: Lateinische.
„ 92, „ 3 v. o. lies: ober doch meistens, — doch meistens.

S. 92,	Z. 13 u. 17 v. o. lies:	merula, statt: marula.
„ 92,	„ 5	v. u. --	De Wette — Dr. Wette.
„ 94,	„ 8	v. u. —	im Nothfalle, — mir Nothfalle.
„ 96,	„ 18	v. o. —	Im Auftrag, — Aus Auftrag.
„ 99,	„ 8	v. u. —	bewahrte, — bewahrt.
„ 104,	„ 2	v. o. —	Baron, — Baronin.
„ 105,	„ 1	v. u. —	sowie, — soweit.
„ 107,	„ 7	v. u. —	Gebete, — Gebote.
„ 108,	„ 12	v. u. —	30,000 — 40,000.
„ 113,	„ 10	v. o. —	lichte, — leichte.
„ 113,	„ 11	v. o —	ewigen Heimath — Heimath des Vaters.